異常気象II

過去と未来——人類の行方

白柳 日出夫
SHIROYANAGI Hideo

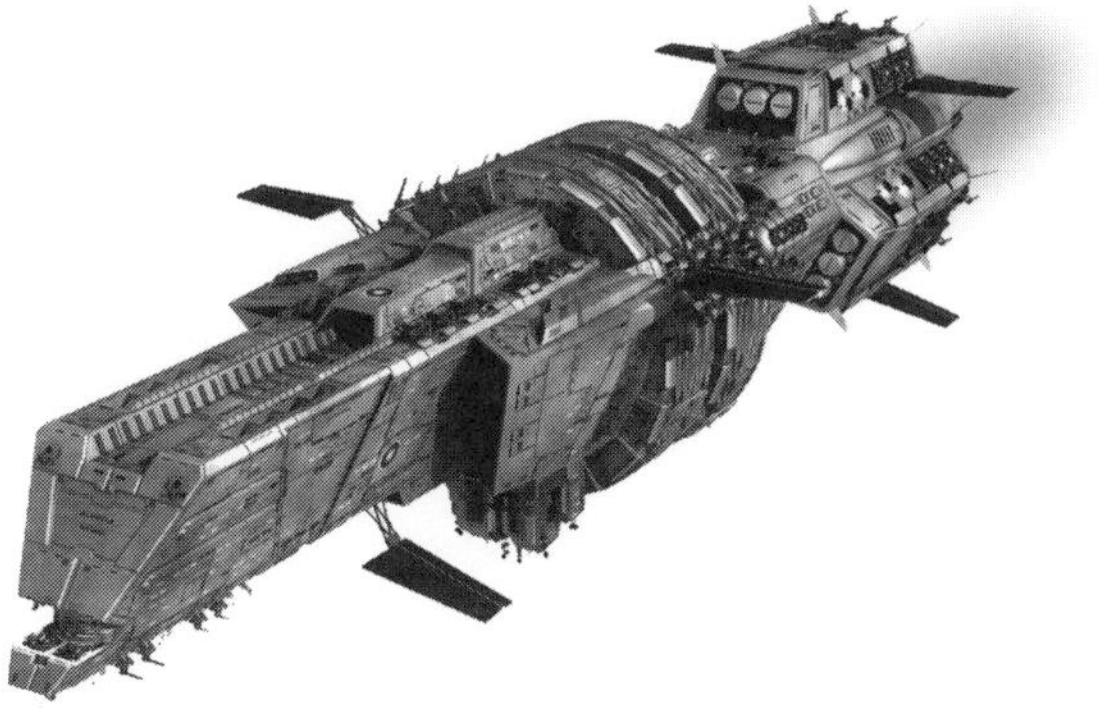

文芸社

プロローグ

二二世紀に勃発した米中を中心とする世界最終戦争の結果、気候変動が起こり、地球に氷河期が始まった。

また、二三世紀の初め、地球から二五〇〇光年のところに新たに恒星と惑星が発見された。

それらは、「地球との間にあったブラックホールが突然消えたか移動したことにより、それまで観測することができなかった星である」と、ＮＡＳＡが発表した。地球より二五〇〇光年先の恒星と数個の惑星は太陽系と似かよっていて、まるで地球の双子のような惑星も見つかった。

日本国政府は、西暦二三五〇年ごろからナノカーボン繊維、核融合エンジン、大容量蓄電エネルギー、超軽量エアエネルギー（空気の数万倍軽い気体）の研究開発に成功していた。

これらの技術をもって、宇宙探査庁を立ち上げ、日本の総力をあげ宇宙船を発着させる基地として、地上一五〇キロメートルの上空に宇宙基地の建設を開始。莫大な国家予算を費やし、西暦二四〇〇年の後期にようやく完成させた。

そして日本国政府は、地球とよく似た二五〇〇光年離れた惑星を「第二地球」と命名した。

数回にわたって無人探査機を送り、西暦二五〇〇年の初め、六〇名の移住者を第二地球に送り込もうとした。が、コンピューターエラーで、第二地球に向けて発進したはずの宇宙船は、二五〇〇年前の地球に舞い下りてしまった。

宇宙船は、搭乗者六〇名のうち三〇名もの犠牲者を出し、着陸したのは縄文時代の日本であった。

生き残った三〇名が、次代をどのように繋いでいけるのか、その生き様を書き進めていく。

CONTENTS

第1章

変わりゆく
二五〇〇年基地

二五〇〇年基地へ発進

三七〇名の移住者と二五〇〇年基地から要請のあった資材、機械、造船資材を積み込んで、宇宙船が宇宙基地から発進した。

発進は地上から一般のロケットを打ち上げるのと同じように、四基のエンジンで宇宙基地から静かに高度三〇〇キロまで浮上し、そこから核融合エンジンを作動させて、目的地の二五〇〇年基地へ飛び立った。

宇宙基地から宇宙船の発進を観測していると、上昇して数秒後に大きな火の玉が見えた。核融合エンジンが点火され、すべてが掻き消えた。このような発進をしないと、宇宙船に搭乗している人間の体がバラバラに壊れるからであった。

二五〇〇年基地に到着

夕刻、子供たちが空を仰ぎながら「あそこだ」「でっかい宇宙船だ」と、騒いでいる声を聞いて、大人たちも外へ飛び出してきた。「やっときてくれたか」「待ちくたびれた」そんな声があちこちから聞こえてきた。

通信班長の塚本は、みんなといっしょに空を見上げている二人に駆け寄り、声をかけた。

「宮城さーん、白柳さーん、ちょっと集まってください。いま、上空の宇宙船から通信がありました。『明日朝一〇時に人員コンテナを地上に降ろします。人数は約三七〇名です。つづいて荷物コンテナを着地させます』こんなメールです」

二五〇〇年基地のまとめ役である宮城がすぐに反応した。

「早速斑長を招集しましょう。そして斑長から全員にメールで三便の到着を連絡させましょう」

夕食後、各斑長は会議室に集合がかけられた。

宮城が口火を切った。

「皆さん、すでにお聞きかと思いますが、待ちに待った人材と資材、建設機械、その他の品々が二五〇〇年基地の上空に到着し、明朝、移住者から先に地上に降ろすとの通信がありました。どのようなスケジュールで案内しますか」

斑長の一人が尋ねた。

「移住者は三七〇名と聞いています。塚本さん、内訳はわかりますか」

「まだすべてのデータは受けていませんが、農業従事者四〇家族、漁業従事者一〇家族、医療従事者家族二四名、機械金物製作者家族一〇名、金型職人家族一一名、パイロット整備工家族二四名、造船工家族一二名、その他、とメールにあります」

宮城が首をひねった。

「うーん……。造船工の家族と魚業従事者家族、パイロット関係者の家族、農業従事者家族か……。白柳さんと瀬戸内さんのお二人で、造船家族、パイロット家族、漁業従事者家族の皆さんを引率してください。梶山ドクターは医療従事者を引率願います。それと、金物家族、金型家族は、金山さんにお願いします」

「はいよ。わかった」と、金山が答えた。

「すでに移住されている方の『家族移住者』は、自ら父親を捜すでしょう。残りの人は、第一テントと第二テントに取りあえず集合してもらいましょう。これから皆さんで案内プラカードを作りましょう。それとコンテナの移動ですが、金山さんが発明考案をしたブースターを使用してください」

　斑長の一人が「それはなんですか」と聞いてきたのを受け、金山が答えた。

「簡単に言えば、飛行機のプロペラとエンジンを一体化した小さなものだ。ただコンテナの移動に使って、前に進むだけのもの。いままで人力で後ろからと横から七、八人で押して移動していただろう。それを、ブースターが代わりをするわけだ」

「へぇー」

「金山さんはえらいものを発明するんだな、感心したよ」

　などと、声が上がった。

翌日の朝がやってきた。九時半ごろ、ほとんどの住人は空を見上げて待っていた。しばらくすると、どこからか「ほら来たぞ！」という声が聞こえ、皆は空を見上げて、宇宙船が、だんだんと大きくなって箱のような形になっていくのを見つめていた。四〇個ほどのコンテナが、上空一〇〇メートルくらいの位置まで降りてスピード緩めたが、一つのコンテナだけ横に傾き、かなりのスピードで地上に激突した。

ほかのコンテナは、その後、つぎつぎと静かに着地した。二五〇〇年基地の人々は、しばし呆然と立ちすくんでいだ。しかし、しばらくして一人また一人と、地上にめり込んで横倒しになっているコンテナに近づき、その扉を開けた。

中には、苦しそうにうめいている者、気を失っている者、荷物の下敷きになっている者たちが折り重なるようにして倒れていた。そしてそんな中でも、なんら負傷のない搭乗者たちは、なにが起きたのかがわからず、

「どうなったんだ」

「いま、気がついた」

「二五〇〇年基地とやらに着いたのか」

などと質問をしてきた。

梶山ドクターが大きな声で、

「自分で歩ける人は速やかにコンテナから出てください」

と、コンテナの中の人々に声をかけた。

白柳は、落ちたコンテナまで走り寄り、ドクターといっしょにコンテナの中に入り、足から血を流して泣いている子供、気を失っている女性や男性をコンテナの外に運び出した。

梶山ドクターは、またコンテナの外へ出て、

「医療関係者の方々、おられましたらこちらにきてください。各コンテナのドアの内側に担架がありますから、とりあえず診療所に担送してください」

と、大きな声で呼びかけ、医療関係者とけがをした患者を診療所に案内した。

到着したばかりの整形外科医が速やかに一人一人を診察して、

「この女の子は足のレントゲン、この女性の方は胸のレントゲン」

などとテキパキと指示を出し、治療が開始された。

そして梶山ドクターに向かい、

「重傷者はいないですね？」

と確認をした。

白柳は、漁業班長の瀬戸内一人で造船家族、パイロット家族、漁業従事者家族を漁業基地までうまく引率できたかが、心配であった。

一方塚本は、宇宙船から送られてきた膨大なメッセージを整理していた。その終わりのほうには、「今回の宇宙船は、探査船の改造船であるので、二五〇〇〇年基地からの要望資

材、人員搭載および諸資材は、キャパシティの関係からすべてを送ることができなかった。宇宙船が地球に帰着次第そちらに送る。二五〇〇年基地への輸送は、これが最後と思ってください」とあった。

塚本は、宮城と白柳に「夕食後七時に、いつもの会議室に。斑長たちにも緊急招集をかけてください。宇宙船からのメッセージについて」とメールを打った。

夜の七時、斑長たちが集まってきた。

宮城が立ち上がり、まずはみんなをねぎらった。

「本日は、大変ご苦労さまでした。なんとか荷物は収まりましたか」

すると、農業集落長の一人が言った。

「三カ所の農業集落を用意していましたが、二カ所の集落で問題なく収まり、今日夕刻までにコメ、野菜、味噌、醬油、その他いろいろな物を運び入れ、それらを使った夕食作りの指導をしました。鮮魚があったのには、皆さんが驚いていましたよ」

白柳が聞いた。

「瀬戸内さん、落下時のアクシデントのために私は途中で抜けましたが、うまく皆さんを誘導できましたか」

「はい、一〇名ばかり漁業地区と造船地区の人々がブースター動力エンジンを持ってきてくれたので何事もなく移動できました」

ここで塚本がみんなに報告した。

「地球からのメールを整理するのに、昨夜から朝までかかりました。今回に輸送された物資、資材には要望した量の三分の一の積み残しがあります。もし、追加希望の物資や資材があればリストを送れ、とのことです」

「どのような物が次回になるのですか」

宮城が聞いた。

「二五〇〇年基地の中心に商店街を造る計画がありましたね。そこの店主と展示在庫品です。荒物雑貨店、電気店、履物店、靴製造・販売店、作業服生産・販売店、理容・美容店、化粧品店、コインランドリー店、文房具店。そしてこれらの店主たち家族。一業種一コンテナの量になるそうです。あと人材ですが、大学の研究者、教育者、高校・中学の教育者、製鉄技術者、耐火煉瓦製造技術者、化学プラント設計製作技術者などです」

「ふうう！」

「へえー」

「なんとまあ……」

みんなからは、それ以上の言葉は出なかった。

「あと、こちらから要望しなかった、チッソ、リン酸カリウムが二コンテナ分あります」

「それはありがたい。これで耕作地の開墾がはかどる」

と、農産物担当の岡田が言った。

宮城が話を戻した。

「商店街通りの真ん中に市場・広場を造ろうという計画がありましたね。市場の上屋の建築はまだでしたね。そこの路面にアスファルト舗装を行いたいのですが、そんな材料を次回の要望に入れてもらいましょう」

話を聞いていた白柳が、宮城に言った。

「宮城さん、それはちょっと難しいと思います。合材プラント、振動ローラー、フィニッシャーが必要になります。大がかりになりませんか。私は大昔の簡易舗装を考えています。一〇〇〇平方メートル程度でコールタール重油をそれぞれドラム缶で四〇缶、炊き窯、ローラーは金山さんに頼みます。砂と砂利はこちらにいくらでもありますから」

「わかりました。それでいきましょう」

白柳は宮城の同意を受けて、さらに話をつづけた。

「皆さん、少し聞いてください。二五〇〇年基地では、『先着者が後着者の住居を準備して待つ』、これを繰り返しています。いま、ようやく一〇〇〇名程度がこの基地に移住してきました。こんな方法で第二地球へ移住計画を実行しても、大統領の考えている一〇〇〇万名、二〇〇〇万名の移住は進まないと思います。

そこで、私が考えていることは、軍隊の工兵、また陸上機械（クレーン、ブルドーザー、掘削機）を扱える陸上部隊兵をまず五〇〇名程度と、農業従事者他専門家、技術者計五〇〇家族を一度に移住するという計画です。

それを行うには、いまのコンテナを二つくっつけたようなコンテナを作ります。そしてそこには、五名家族が居住できるように、キッチン、トイレ、バスルーム、食堂、寝室、冷蔵庫、家電、照明、洗濯機、家具をセットして、一年分の食料と移住人員をコンテナに入れて輸送します。陸上部隊兵は、水田、畑地、水路、農業用機械器具倉庫、集会場、建築用材の確保を行ってもらいます。兵士たちには、家族用住居コンテナに四名から五名が入居してもらい、兵士たちの食堂、共同浴場、炊事室のためのテント建築物も建造します。

このような方法で移住を行えば、一回当たり一〇〇〇名以上の人間が第二地球でも、アメリカの大草原でも、また、二五〇〇年前の大阪平野、関東平野、どこへでも移住することができます」

「なるほど、それはよい案ですね。今度の返信に書き加えましょう」宮城が言った。

さらに、白柳はつづけた、

「それから、できれば二トンの貨物トラック一〇台ぐらいと六人乗り程度の貨客車五台、救急車二台、消火用ポンプ車（小型）、すべて中古車でよいので。それと五トンダンプ二台、これらを書き加えてください」

「これだけ移住者が増えるのですから、早急に二五〇〇年の庁舎を完成させておかなければならないですね」

建設担当の建部が言った。

「さあ、明日から稲苗を植えなきゃ、今年の分の水は張ってあるから。つづいて小麦の種、トウモロコシ、馬鈴薯。農家の周囲にはトマト、キュウリ、エンドウといまの季節は忙しいな。田植えが終わればつぎの田畑に水路造り。西方面一五キロのところに簡易ダムを造ろうと思う」

岡田が強い口調で語った。

「岡田さん、応援は必要ないですか」

白柳が尋ねた。

「そりゃー、何人人手があってもいいが、どこもかしこも手が一杯だ。ありがたいことだが遠慮しとくよ」

梶山ドクターが、皆に呼びかけた。

「最後に一つお願いがある。診療所の増設だが、医療器械、ＰＣ、大型レントゲン、ＭＲＩ、電子顕微鏡、薬剤試験室、薬品庫などが足りない。なんとかならんかね」

「重々理解しております。あとまわしになって申し訳ないです。図面はできておりますので、あとでお持ちします」

神妙な顔で建部が答えた。

「そうか、ありがたい。お願いするよ」

会議はここでお開きになり、二五〇〇年基地は、翌日から全開で作業を始めた。

宇宙探査庁会議

「本日は、二五〇〇年基地の要望と提案があります。皆さんのパソコンには、箇条書きにして送ってあります」

議事進行係の声が会場中に響いた。

出席者の一人が、「二五〇〇年基地から送られたメールには、多種多様の機材、資材の要望がありますが、すべて送ってあげられるのですか」とたずねたのを受け、建設機械材料担当が応えた。

「二五〇〇年基地では簡易舗装道路を造るらしいが、すべて中古品でも構わないらしい。中古品ならいくらでもある。それと宇宙船のキャパシティがあれば、できれば今度の便に、道路用機械のコンバインド、振動ローラー、ハンドガイドローラー、アスファルトスプレイヤー（繋多機械）、それと袋入りの合材トペカ、コンテナ一基分三〇トン程度送ってやりたい。それと道路舗装技術者二家族追加したい」

医療器材薬品担当者も発言した。

「かなり古い医療機器の要望です。小さな病院に残っていると思いますので、探して送ります。また、医薬品ですが、医薬品の原料をできるだけ多く送ります。それで臨床薬を造ってもらいます。二五〇〇年基地には薬学部の先生がおりますので」

通信課員が、それにつづいた。

「今回の要望の中に、コンピューター関係の物はなにもありません。これからますます多く必要になってくると思われますが、こちらで必要と判断した物を送ってはいけないでしょうか」

長官は、「うーん……」としばし考え込んだのち、「それでよろしい」と、答えた。

工作加工機械金属材料担当者も発言した。

「これまでに二五〇〇年基地に送った農業機械、水田畑地を造成建設する機械などに修理修繕の必要が生じているころです。また、部品を作る工作機械などの要望がないことを少し不安に思ってしまうのですが、放っておいてよいのでしょうか」

「君のほうで、どのようにすればよいか考えがあるのではないか」

「はい、私は二五〇〇年基地に修理部品を作る精密機械、精密研削盤二台、放電加工機、ターニングセンター、歯切り盤、レーザー加工機を各二台ずつと、部品においては油圧フレキシブルパイプ、各種部品用金属を送ってやりたいと思います。コンテナ一基分です」

「それでよいのではないか。そうしたまえ」

「二五〇〇年基地からの通信内容はよくわかった。それと君たちの考えも、理解した。いま発表のあった通りの追加物資の送付は、準備してやってほしい。もうほかに意見はないかね？　なければ解散としよう」

ひと通り議論がされたのを見て、宇宙探査庁長官が言った。

そこへ、「長官！」と、通信課長が駆け込んできた。

「先ほど、第二地球から帰ってきた探査通信船から、このような通信を受け取りました。まだ、コピーは一枚も取っておりません。通信の内容は、ざっと読んだだけですが、びっくりする内容です」

「読んでくれたまえ」

「それではお読みします。

『第二地球は、人類の住める星ではありません。かなり広範囲に調査しましたが、一次調査隊とも会合しておりません。人類らしい人骨を複数調べました。死んで三〇〇年は経過しております。頭骨、脊椎の中から、ウイルスの死骸らしきものが発見されました。場所は洞窟の入り口です。環境はジメジメとしております。三〇〇年前はどうであったか推測できません。

海水および河川水は、飲料水には適しません。雨水は透明度八〇パーセント。エンジン付きボートにて、海岸より五〇キロを調査しました。海水の透明度二〇センチ、海岸より一〇キロごとに底地の一部をすくい上げました。一ミクロンに満たない泥土状態であります。

一〇キロごとに海水中の生物調査をしました。三〇分程度ルアー釣りを行いましたが、ルアーを入れて五分もしないうちにアマゾン川に生息するピラニアに似た大型魚三匹の釣果がありました。腹を裂いてみると、雌雄同体で、三匹とも腹の中に五〇ミリほどの大きさの稚魚が成育していました。親の腸や肉を食べて成長し、大きくなると親の腹の皮を食いちぎり外に出る。そして親の死骸を食料にして成長する肉食魚です。成長するには自分より小さな同類をエサとします。五カ所とも同じ結果であります。

底網を入れました。結果、カブトガニに似たようなものが入っていました。これは人類が食することはできません、食べられる身がないのです。

沖合五〇キロから陸地に沿って、移動しながら調査しました。すべて同じ結果です。ドローンを飛ばして、無線の届くかぎり上空から検査をしました。海岸より五〇キロの範囲を観測しましたが、一面薄茶色の土漠で、ところどころに灌木が生えている状態です。

三つの河川をゴムボートで三〇キロ上流まで遡上しました。プランクトンの調査をしたところ、海中河川にはその存在はありません。

地上には常に微振動があり、一日に三回ほど震度一強の縦揺れおよび横揺れがあります。

また、ドローンにて海岸から五〇キロまで飛んだところ、上空から無限につづく大地溝帯を確認しました。しかし、地上から調査することはできません。

調査隊の我々には飲料水が不足しております。レトルト食品もあと一カ月程度しか持ちません。また、隊員の中には健康を害している者がおります。

結論を申し上げます。この星には人類は住めません。あまり証拠はありませんが、この第二地球は地球の過去四億から三億年前に相当するではないかと推測いたします。

一日も早く我々調査隊員の救出をお願いいたします。

第二地球調査隊長　長瀬　龍』

長官、第二地球からのメッセージはこれで終わりです」

「すぐに大統領に報告しなければならない」

報告から二〇分後、長官は大統領執務室を訪ねていた。

「大統領、第二地球から通信がありまして、調査隊は救出を求めています。これが救出を請うペーパーです」

「これは大変なことが起きた」

大統領は動揺を隠せなかった。

「長官、君の意見は」

「まだどのような対処をすればよいか、決めておりません。皆さんの知恵を借りて救出を急ぎたいと思います」

「関係者に緊急招集をかけなさい。それと防衛省、経産省、科学庁、ウイルス学者、地震学者、担当の幹部は全員出席させよう。大統領の名前で招集をかけなさい。私は一四時から会議に出席するから先に始めておくこと」

宇宙探査庁緊急会議

会議場、午後一時。張りつめた空気の中、人々はざわめいていた。

探査局長が、「皆さんお静かに願います」と発した。

「これから第二地球の調査隊の救出について、会議を始めます。各自テーブルに置いてあるペーパーをまず読んでください。このペーパーは持ち帰りできません。あと二時間ほどで文字が消えます。ご了承ください」

そして探査庁長官がつづいた。

「緊急会議にお集まりいただき、ありがとうございます。午後二時から大統領もご出席になります。それまでにペーパーを読まれて感じたことがあれば、いかなることでもかまいませんので、ご発言ください」

すぐに地震学の研究者の一人が手をあげた。

「もらいました資料に『常に微振動、また、一日に三回ほどの縦揺れ横揺れがある』とのことですが、私が察するには地殻のプレート移動があるのではないでしょうか。この地球にもそんな時代がありました。その証拠に、ドローンで観測した大地溝帯（グランドキャニオン、ドイツのライン地溝帯）などはプレート移動の名残です。インド大陸は、オーストラリアから離れてアジア大陸にぶつかって、アルプス山脈ができました。アルプスの頂上に貝殻の化石があるのは、地殻移動の証拠です」

「ご意見ありがとうございます。ほかにございませんか」

つぎに、動物学を研究者が発言した。

「資料にありました海中生物に、雌雄同体で親の臓器を食べて成長する魚、食べるところがないカブトガニのような動物がいるという文面を読んで感じたことは、地球の過去一億年から二億年の間にもそのような動物がいたということです。このことは、第二地球は我々の地球と比べ、成長が二億年から三億年遅れているという左証になります」

そのとき、大統領が会議場に入ってきた。全員立ち上がろうとしたが、大統領は両手で皆に座るようにとの仕草をして、大統領も着席した。

ウイルス細菌学の研究者が手をあげた。

「資料の中に、頭骨や脊椎の中からウイルスらしき死骸を発見したとありますが、これは考えられないことです。人類の化石、しかも三〇〇年も過去に死んだ骨に取り付いていたなどとは、信じることができません。それでもここまではよいのですが、救出された人たちが地球外のウイルス細菌を持ち帰らないという保証がない。帰ってきた人たちをどのようにするか、その対処方法を決めておかねばなりません。特に体調の悪い人もいると報告されていますから、その人たちが第二地球で使用している衣類、肌着、靴下、履物すべてを置いてくることが必要です。できれば体毛までも。そして宇宙基地までたどり着いたら、そこでも隔離検査をすることです。地球にもどったらＰ３、Ｐ４施設で体内にウイルスや細菌がないか徹底的に検査をすることです。終わります」

「これは大変重要なことだ。万が一に備え、医療庁で対処しなさい。第二地球で使っていた物はすべて、第二地球に廃棄してくるように伝えなさい」

と、大統領が指示した。

地震学の研究者が再び手をあげた。

「少しだけ意見があります。先ほど私が述べた意見をＰＣに記録している方がおられると思います。そのＰＣを大統領に見せてください」

二〇秒ほど、会議場が静まりかえった。

「結論は、第二地球は人類の住める場所ではないということです」

大統領はひと呼吸置き、

「よい意見を述べてくれました。ありがとう。第二地球への移住計画は中止としよう」

と言い、つづけて、

「ほかに意見はないか。——では、宇宙探査庁で救出準備を始めなさい。救出にどれほどの日程が必要かね」

「救出方法を検討して、工程表を提出いたします」

長官が述べ、それを受けて、大統領は皆を見渡しながら言った。

「今回の救出作戦は、まだ公に発表はしないでおく。まだはっきりわかったことではないのだから、情報を独り歩きさせてはならん」

ここで、宇宙探査庁長官が話題を変えた。

「先日二五〇〇年基地から、資材、機材の要望のほかに、提案書が一通ありました。それは、現在の二五〇〇年基地のように人材と資材を別々に送るのではなく、いまのコンテナを二倍にし、台所設備、バス、トイレ、家電、照明器具と一年分の食料など、まあ一つの住居とするのです。そこへ人間を乗せていく。そうすれば五〇〇名ぐらいの家族は一回で運べるというのです。同時に五〇〇名の陸上部隊を男女同数にして、ほかの住居用コンテナに三名から四名を同乗させる。また、建設機械、農業機械、建設用資材、厨房設備、そのほかシャワー、大浴場、食堂、医療施設、庁舎、学校、市場など、地球からの輸送が一度か二度ですむようにするというのです」

それを聞いていた大統領が言った。

「問題は、軍隊組織をどのように位置付けするかだね。権限の問題もある。宇宙探査庁と防衛省とでよく詰めるように」

「そのようにいたします。それから、建築・土木設備業者、伐採・製材業者、鑿泉・水道水路設備業者、建設従事者、医療従事者との話し合いをする必要があります。年齢の問題は、特殊技能者と学者を除き、五五歳までとします。以上です。ほかにご意見がなければ、これで会議を終了いたします」

宇宙探査庁長官が締めくくった。

第二地球調査隊員　救出作戦会議

探査局長は、いたって冷静であった。

「今回の作戦は、第二地球に存在するかもしれない未知のウイルス、細菌を地球に入れないことを第一に、二週間以内に救出作戦を開始します。コンテナ輸送担当者はいますか」

「はい、私です」

「多くて二七名を、第二地球の地上から小型の宇宙船まで移動させるコンテナはありますか」

「はい、我々がいつも使用している、地上から宇宙基地までに運ぶコンテナを少し改造するだけで準備はできます」

宇宙船発着担当者も発言した。

「調査隊員は、こちらと送受信できるパソコンを持っていますので、それを用いて着地点を決めます。それからこちらのPCソフトを少し変えて、帰還者がコンテナに乗る手順を送信します。この手順をバックアップするため、宇宙船の操縦ロボットにPCソフトを入れておきます」

コンテナのドアの前面には「靴下を脱いで、地上に足を着けず、コンテナキャビンの床に足を着けてください」と書かれたシートが貼られ、同時にロボットが音声で指示をした。指示通りにコンテナの中に入ると、つぎは「衣類のすべてを脱ぎ、置いてある衣類に着替えてください」と指示された。さらに洗面所では、洗剤とアルコールで手洗いをして、使用したタオルを衣類とともにまとめた。全員がすべての手順を終えると、床に貼られたビニールシートに脱いだ衣類を包んで外に放り出す。つぎに椅子に座り、安全ベルトを装着。両足装着ベルトと胸ベルト、つぎに頭の上に降りてきている酸素マスクを装着し、最後に、額にベルトを装着すると、「すべての装着が終わりましたら、ひじ掛けの前にある赤いボタンを二回押してください。以上で終わりです」というアナウンスがあった。全員がボタンを押し終わると、コンテナは宇宙船まで上昇し、一五分間で到着した。

ガチャ、ガタッと音が聞こえてきたと思ったら、急に静かになった。そしてつぎに機械的な声で「椅子のひじ掛けにあるペットボトルの水を半分お飲みください」と、アナウンスがあった。皆はそれに従い、ごくごくと水を半分まで飲んだ。皆は一斉に眠り始めた。その水には二四時間睡眠状態となる薬が入っていたのだ。

それから二四時間が経ち、全員が目を覚ました。再び機械的な声が聞こえ、「皆さんおはようございます。また、ペットボトルに残っている水をすべて飲みきってください」と言った。

目を覚まして少しすると、ドアが叩かれる音がして医療防護服を着た人たちが入ってきた。衣服を脱がされ、採血、指酸素、口中検査、体温などが調べられ、結果は表にされ、ボード板のような物が体に貼られた。責任者らしい人物が部下に「ストレッチャーを持ってくるように」と指示をすると、体調の悪かった四名はストレッチャーに乗せられて連れていかれた。

一一人の防護服の人がいた。一人が、

「これからは皆さんを検査室にお連れします。お渡しする靴を履いてください。ここは引力がありませんから、磁石付きの靴です」

と、言った。靴は非常に軽く歩ける、優れたものであった。なにがなんだかわからないが、さまざまな機械装置があった。

調査隊員の一人が、聞いた。

「私たちはどうなるんですか」

「我々は、皆さんが第二地球から未知のウイルスや細菌を持ってきていないか、調べているのです。検査はまだまだつづきます。地球に着いてもつづきます」

政府閣僚会議

官邸の会議室には、各省庁大臣および長官が参集していた。

大統領がやや緊張した面持ちで語った。

「さて、今日は二五〇〇年過去の地球への移住方法について議論をしたい。その前に宇宙探査庁から、第二地球からの救出作戦の顛末を聞きたい」

「はい、帰還者二七名のうち四名は、残念ながら死亡いたしました。四名とも宇宙葬にし、三日前に太陽系の外に冷凍のまま出発いたしました。帰還者はただいま、P３施設に収容して待機しています。P４施設では、犠牲者となりました方々から回収した検体を調査しています」

「第二地球への移住ができなくなったことは仕方がない、諦めよう。つぎの移住者はどの時代に移住させるか、これを決めねばならない。皆さん意見をお持ちですか」

　宇宙探査庁長官が答えた。

「私は、やはり二五〇〇年前の地球がよいと考えます。なぜなら二世紀、三世紀の時代になると古代歴史がはじまります。鉄器の発明、紙の生産、初期の火薬など、日本に伝わるのは四世紀に入ってからですが、日本人の先祖との争いという問題が出てまいります。こうしたことを鑑み、二五〇〇年前が一番よいと考えます」

「移住場所について、中国やインド、アラビア半島は駄目で、なぜアメリカ大陸なのかね」

　大統領がたずねると、宇宙探査庁長官は、手元の資料を見ながらつぎのように答えた。

「中国はこの時代、三国志の終わりに近づいて、魏の国にまとまりつつある時代です。インドはガンジス川沿いに多くの人間がいます。アラビア半島は、古くからチグリスユーフラテス文化が栄えています。人の住んでない広大な土地はアメリカ大陸のみで、食料にも不自由しません。バッファローや羊がいます。インディアンが現れるのはまだ先です」

「そうか。では、着陸先はアメリカ大陸としよう。しかしアメリカ大陸といっても日本の国土の三八倍もある。どこに着陸するか、難しい問題だ。つぎに、防衛大臣に聞く。移住させる五〇〇名の施設部隊員はいるのかね」

「はい、隊員はいくらでもおります。道路造り、土木工事の掘削　ブルドーザー、運搬機、クレーン、コンクリート造り、穴掘り作業、なんでもこなせます。頭を悩ませるのは、階級と呼び名です。一佐、二佐、一尉、二尉の階級の呼称をどのようにするか、悩んでおります」

「私は、すべての隊員に離職してもらい、民間人になってもらうことがよいと思っている。二五〇〇年前の土地を、一般の人たちと同じように作業員として、水田、畑地、木を切る。製材をする。大工の手伝いをする。農業機械を運転してもらう。班に分かれて作業をするときは、班長または総班長などの呼称を付ける。

また、宇宙探査庁からはまとめ役として、二人ほどパソコン、デジタル関係者を出してもらう。医療関係者、薬剤関係者は厚労省が手配。井戸鑿泉ポンプ工事、給水配水工事は国土交通省、金属加工機械修理は経産省とする。魚業関係者は農水省。職業を偽って移住者に加わろうとする輩には気をつけよ」

大統領はこう言って、さらにつづけた。

「それと防衛省の男女の割合はどうなっているかね」

この質問には、防衛次官が答えた。

「現時点と同じ男子隊員四九パーセント対女子隊員五一パーセントの割合です。隊員五〇〇名とすれば未婚の隊員が男女ともそれぞれ約一五〇名。家族持ちの男子隊員が約二〇〇名となります。家族持ちは、一家族四名として総計八〇〇名。家族持ちの住居用コンテナ二〇〇個、独身隊員用一コンテナ四人で約八〇個が必要になります」

「移住者用コンテナだけでも相当数だな。あと建材のセメント、鉄材、一般機械、農業用機械、食料、その他諸々の荷物を載せるコンテナの個数を予測できないな。宇宙探査庁長官、最新の宇宙船はどれほどのコンテナを積むことができるのか、積載重量は計算できているのかね」

「はい、新しい宇宙船は、最大でコンテナ一〇〇〇個です。重量でいうと、五〇〇〇トン。ですから、いまの探査船も同時に使用すると、相当な貨物を運べます」

「住宅用コンテナの製造は、予定通り進んでいるのか」

「コンテナの製造ラインを一ライン増設して、一日一五コンテナ住居を製作しております」

貨物積載課長が答えた。

「ほかに問題点のある部署があれば、この場ではっきりしておきたい」

「新品の機器はわずかです。しかし、ほとんど使っていない新中古はたくさんあります。それを利用します」

大統領の問いかけにPCサーバー調達課長が答え、さらに建材担当課長がつづいた。

「鉄材関係、コンパネ、ボード、金物釘は積めるだけ載せます。ナノシート、蓄電エネルギー、超エアエネルギーのストックは十分にあります」

食糧担当課長は、

「新米はありません、古古米と古米は半年分程度、油、味噌などは十分に準備できます」

と、答えた。大統領はうなずき、質問を変えた。

「宇宙船の着陸地だが、アメリカ大陸決定でよいのかね」

それには、測量班課長が答えた。

「二五〇〇年前のアメリカ大陸の測量はしておりません。二五〇〇年前の日本で移住できそうな場所は、二五〇〇年基地へ物資を運ぶときに、すべて完了済み。着陸地点の海抜地図が手に入らないと、移住場所は決定できないと思います」

「困ったものだ。測量斑課長の話では、いまのところ移住は日本国内でしかできない訳だね」

「最も適当な場所があります。それは、現在の二五〇〇年基地のそばにある幅二〇メートルの川の対岸、そこに一五〇万平方メートルの島があります。二五〇〇年基地の隣に移住させれば、機材の貸し借りや人材の応援、または食料品の融通など、いろいろな便宜が図れます」

大統領が腕を組んでなにも言わなくなった。出席者はそれぞれボソボソと、隣り合った者同士で、小声でしゃべり始めた。いきなり一人の出席者が立ち上がった。防衛省空軍整備長であった。

「発言させてもらってよろしいですか。アメリカ大陸での移住地を捜して、地上の高低差を調査します。二五〇〇年基地への三次輸送の際に、オスプレイⅢの部品を送りました。

いまごろは組み立てを完了させ、地上テストをしているころかと思います。そのあと試験飛行をしてうまくいけば、アメリカ大陸へと移住先を探して調査をし、場所を決めることができます。どうでしょうか」

「このことをどのようにして二五〇〇年基地に伝えればよいだろうか」

「はい。近日中に第三便に積み残した機材、人材を出発させるつもりです。そのときに先ほど防衛省の方が言われました内容を、通信に託したらどうでしょうか」

と、宇宙探査庁長官が提案した。

「しかし、どのあたりに人材や荷物を着地させよと宇宙船に指示をするのかね」

「アメリカ大陸の中に大きな湖または河川を見つけ、起伏の少ない草原地帯をオスプレイⅢで探させます。よい土地を発見すれば、一辺一キロの正三角形の頂点に発信機を置き、宇宙に一年以上電波を発信させる。その電波を宇宙船に乗っている操縦ロボットが受信する。そして三角形台地に人材と機材を降下させる。このようにすれば、湖や崖のある場所に落ちたりすることはありません」

「それならば、いますぐアメリカに送ることは不可能だから、つぎの移住者は、二五〇〇年基地の隣に第二基地を造り、そこを移住先とする。その後の移住者はアメリカの移住地が決まり次第送ろう。これは決定だ。それから農水大臣、先ほどコメが不足していると言っていたが」

「昨年はコメが不作で五〇〇万トンしか生産できず、また大豆、小麦、トウモロコシ、馬鈴薯も全体的に不作でありました。そこで通産省といっしょになって、アメリカから小麦、コメ、大豆、トウモロコシ、馬鈴薯、柑橘類を一〇〇〇万トン輸送機と護衛艦とでピストン輸送をして運んでおります。これは、アメリカ市民からは反対意見もありますが、アメリカ政府が抑えてくれています。アメリカが必要とする蓄電エネルギーほか、宇宙基地材、宇宙船とのバーター貿易だからです。アメリカはまだ食料に余裕があるので、心配することはないと説明をしてくれています」

「よし、わかった。つぎの議題に入る前に暫時休憩とする」

休憩を挟み、会議は続行された。議題は、日本国内に移った。

「地下トンネル街について、国交省大臣が進捗状況について話してくれ」

「トンネル街国家の建設は、緒に就いたばかりです。ようやく地下一〇〇〇メートルから一〇トンずつ地上に上げられる立て坑が一本完成したところです。そしてつづけて立て坑二本目の掘削をしている最中です。その立て坑が完成すれば、トンネルカッター部品を降ろして、直径二〇メートルの回転ドリルを二機据え付けます。そのドリルカッターから出る土砂岩石は、一日で二〇〇〇立方メートルになります。二本の立て坑では、これだけの量を地上に出せません。もう一本、人間専用のエレベーターを構築します」

と、担当局長が答えた。

「一日何メートル掘削できるのか」

「はい、一〇メートルそこそこです」

「とてもゆっくりだな。もっと手はないのかね。日本人の生き残り作戦の最後の手段なのだ。二五〇〇年への移住問題もあと数十カ所やれば、地下トンネル国家の建設にまい進したい」


宇宙探査庁は、二五〇〇年基地への移住者、コンテナ、資材、機材の準備、人材の教育、また同時に二五〇〇年基地に第三便の追加機材や資材を送るために、てんやわんやの状態の中で準備をしていた。最大の理由は、二五〇〇年基地へ送るのが、商店街の雑多な人たちや品物であったからである。家庭雑貨店、靴製作・販売店、薬局、酒屋、理髪業、衣料品製作・販売店、子供用衣料品店、コインランドリー、乾物屋、果物屋、パン・菓子店、時計屋等の移住者が、自らが商売にしている品物をコンテナに詰めるので、宇宙探査庁の人間は手伝うことができなかった。

今回二五〇〇年基地に向かう移住者が、一番小さな宇宙船で二つのコンテナに人と手荷物を載せ、いよいよ出発することになった。

「うまく商売が成り立つかな」

「お金のことはどうなるのですかね」

「着いてみなきゃわからんわ」

などと、靴屋、理髪店、パン屋の店主などが不安を口にしていた。

二五〇〇年基地　三次便追加物資届く

塚本が走ってきた。そして、息を切らしながら、

「白柳さん、宇宙探査庁からの連絡です。さっと目を通しただけです。読んでください」

と、宇宙探査丁からの通信文を白柳に手渡した。紙にはこう印字されていた。

「用件が三つあります。

一つ目ですが、三次の追加分の資材と、前回お乗せできなかった移住者の方々や積み残しのあった荷物を送りました。

二つ目は、つぎの移住地はアメリカ大陸に決まりましたが、具体的な場所がまだ決まっておりません。西暦二五〇〇年時点での地図を参考にして、ミシガン湖のほとりとミシシッピ川の河口のあたりがよいのではないかと考えました。そこで、前回の三時便で送っておいたオスプレイⅢを使い、適した移住地を見つけてほしいのです。

速やかに組み立て、試験飛行を完了してください。そして、アメリカ大陸に渡り、ミシ

ガン湖の近くで、小さな川があり、なだらかな草原で近くに大木が育っている場所とミシシッピ川河口付近で、同様になだらかな草原と大木のある場所を探してください。

条件に適うような場所があれば、一辺一キロの三角形の頂点に発信機を宇宙に向けて据え付けてもらいたいのです。今回六基の発信機を貨物コンテナに載せました。

三つ目の用件は、二五〇〇年基地の南側に、大小の川に挟まれた広大な中州島がありますが、アメリカでの移住地が決まるまで、そこを第二・二五〇〇年基地として移住者を送ることが閣議で決定しましたので、移住者受け入れの協力をお願いします。」

通信文を読み終えた白柳は、「うむ……」としばし考え込み、

「塚本さん、明日到着する人たちの手伝いをしなくてはなりませんね。今日夕刻一八時にみんなに集まってもらいましょう。各班長に連絡を願えますか。それと、飛行班長と整備班長は外してください。オスプレイⅢの最終点検と地上テストで、とても忙しいですから」

白柳自身も、まとめ役の宮城に連絡をして、宇宙探査庁からの通信文の内容と会議開催を伝えた。

飛行班長の困惑

白柳と宮城は各班長との会議の前に、飛行班と整備班のあるテントに向かった。オスプ

レイⅢによるアメリカ大陸への調査飛行について話すためである。

飛行班長の添田は、急な指示に戸惑いを隠せなかった。

「オスプレイⅢはやっと組み立てが終わって、チェックをしているところです。いきなり『アメリカ大陸の調査をせよ』とは……」

白柳は尋ねた。

「添田キャプテン、どれほどの時間をかければ、アメリカ大陸に向かって飛び立てますか」

「うーん」

と、整備班長は腕組みをしながら答えた。

「明日から着地離陸試験をします。点検は明後日に行い、何事もなければ、そのつぎは周辺上空を五〇キロ飛びまわり、三、四回は着地と離陸を繰り返し、その翌日一日は、点検を行います。そのあと問題がなければ一〇トンの最大荷重を載せて、三時間のフライトテストを行います。最後に、点検に二日間かけて、アメリカ大陸へのフライトの準備をします。そのほかには、計器点検をやりますので、ざっと今日から一〇日から二週間は必要でしょう。アメリカ大陸までの飛行日程は、キャプテンから説明してもらいます」

添田が話を引き継いだ。

「アメリカ大陸までの途中、ハワイ島で一泊して一日点検をします。翌日にミシガン湖までフライトし、ミシガン湖周辺で一泊し、移住者および資材、機材、コンテナを、着地させる場所を探します。翌日ミシシッピ川河口までフライトし、発信機を設置。一泊したらハワイ島を経由して帰還するというスケジュールで考えています」

添田はつづけた。

「これからフライトプランを作りますので、三、四日後には正確な日時の算定がでます」

白柳と宮城は、飛行班長たちとの打ち合わせのあと、一七時から会議室で事前の打ち合わせをしていた。そこへ各班長たち全員がぞくぞくと集まってきた。

一八時になると、宮城はすぐに会議に入った。

「さきほど塚本さんから伝えてもらいましたが、明朝一〇時に、三便の追加物資と商店街の事業者家族、そして、大学の研究者や各種技術者などの方々が到着します。我々も、陳列棚、ショーケース、電気・水道の接続、棚作りと、いろいろな手伝いをしなければなりません。よって、農事を除く各班から二人ずつ人員を出してほしいのですが、いかがでしょうか」

すぐに整備班長が手をあげ、

「いま、最後の点検と地上テストに入っているので、とても手がまわらない」

と難色を示した。

さらに、土木水路班長が、

「皆さんもご存じのように、市場の床舗装の最中なのです。こちらはまだ手伝いがほしいくらいなので、ちょっと無理です」

こう言って、人員の派遣を渋った。

そんな中、大工班長は「一日だけなら一〇名出そう」と快諾したのをはじめ、製材班や造船班などから、合計四二名の人員の派遣が決まった。

「これだけの人数がいれば十分です。よろしくお願いします」

宮城と白柳は頭を下げた。

つづいて塚本が、

「明日は、我々の追加物資の受け入れを行いましょう。商店街の人たちは、店舗の二階に用意してある部屋に私物を入れてもらい、各事業者さんに部屋の整理をしてもらいましょう。我々が要望したコンテナ荷物の整理は、必要になるたびに、解・梱包しましょう」

と言った。

白柳は宮城に尋ねた。

「商店街の方々ではない、大学の研究者、高校教諭、プラントの設計・製作技術者、製鉄技術者、耐火煉瓦製造技術者などの方々は、どの住居棟に入ってもらいましょうか。すべて家族持ちです」

「独身棟の後ろにある一棟に一二家族が収容できるはずです」

「あー、よかった。それから今度来られた商店事業者を除くいろいろな技術者の方々と、会議を持ちませんか」

「そうですね。皆さんが到着したら、すぐに手配しましょう」

宮城が同意した。

地球　閣僚会議

地球では大統領をはじめ全閣僚が顔をそろえていた。

「それではこれから閣僚会議を行います。よろしくお願いします」

「承知した。皆さんお早う。早速始めよう」

官房長の会議開催の宣言を受けて、大統領が各閣僚に発言をうながした。

宇宙探査庁長官の報告から始まった。

「前回の閣議で、第二地球への移住撤退が決まりましたが、救出された二七名の調査隊員は、一〇日間の隔離検査の結果全員陰性でしたので、家族の元へ帰しております。二五〇〇年基地に関しては移住局長に報告してもらいます」

移住局長がつづいた。

「アメリカ大陸に移住するといっても、現在の地図しかありません。宇宙探査船である程度は調べることはできたのですが、詳細がわかるには時間がかかるということで、アメリカ大陸への第一次移住者は二週間後、二五〇〇年基地側の隣地に一八〇〇名を送る予定です。第二次移住者はアメリカ大陸の移住先が決定次第、七月上旬を目処に送る予定です。

「移住地はどのあたりを想定しているのかね」

大統領は宇宙探査庁長官を見て言った。

「ミシガン湖のほとりまたはミシシッピ川の河口がよいのではないかと考えました。そこで、二五〇〇年基地のオスプレイⅢの組み立ておよび試験飛行に入っているころだろうと推測し、前回積み残した移住者と機材、資材を送るための宇宙通信船を送りました。そのとき、基地建設と移住にふさわしいアメリカ大陸の二カ所に発信機を据え付けるよう依頼したのです」

「うむ、了解した。つぎに経済通産大臣に聞くが、今後二〇〇〇人単位の移住を進めるとした場合、居住用コンテナや必要資材などの準備はどの程度調達ができるかね」

「コンテナ制作資材また住居用コンテナの中に設置する部材機器ですが、現在の生産体制では三〇カ所は大丈夫とみています。それ以上ですと、地下トンネル用の資材、機材を生産する必要が出てきます」

「農水大臣、移住時に持参する食料品だが、各一名に一年分の食料は用意できるかな」

「現在、コメ、麦はアメリカからバーター貿易でなんとか凌いでいます。これが、いつまでつづくかです。いまインドからも輸入できないか交渉中です」

「宇宙探査庁長官、いまのオスプレイⅢは、積載荷重一〇トン未満と聞いているが、積載荷重二〇トンくらいのものを地球から二五〇〇年基地に送れないか、検討してほしい」

「考えてみます」

「国内の移住場所だが、私は大阪府、愛知県、関東平野、宮城県に、二五〇〇年基地を、三カ所ずつ造りたいと思っている。残るところは宇宙探査庁で考えてくれ。それから、二五〇〇年基地同士が通信はできないかのかね」

「二五〇〇年基地すべてに短波無線機を送るのは難しいことではありません。二五〇〇年基地同士で連絡も取り合えますし、一カ所の二五〇〇年基地に連絡したことを、ほかの基地に伝えてもらうこともできます」

「つぎに建設大臣、地下街のトンネルの状況を説明してくれないか」

「まだ二〇メートルのダブルトンネルが一五〇メートルほど掘り進んだばかりです。今後の予定を申します。ダブルトンネルと言いましても一本二〇メートルですので、二本合わせて四〇メートルです。我々の設計図は五〇メートルが基本となっています。そこで五〇メートル岩盤カッターを作ります。この岩盤カッターを使用するにあたり、高さ約六〇メートル、直径六〇メートルの空間を作る必要があります。二〇メートルカッター四基と、ほかにエアー削岩機、水力削岩機、ウォータージェット削岩機など、総出で四方、六〇メートルの空間を作っています。問題は岩石と残土で、これが膨大な量なのです。これらの処理に頭を抱えているところです。六〇メートルの荒堀のトンネルができると、六〇ミリメートルの高強度のモルタルガンを吹き付け、つぎに五ミリのナノシートを取り付け、そして一六ミリの鉄筋をダブルで二〇〇ミリピッチで組み上げます。その後、高強度コンクリートを三〇〇ミリの厚みで打ちます」

「国交大臣、説明はそれぐらいでよい。君の言いたいことは、トンネル用の機材、資材の供給を心配しているのだろう。経産省とよく打ち合わせをしなさい。経済産業大臣、頼むよ。肝心の工程を聞き忘れるところだった」

「はい、まだ一メートルも完成していませんが、三〇日後には一〇日で二メートル、三〇日後は一〇メートル、六カ月後は二〇メートルと進みます。アクシデントがあるかもわかりませんが」

「わかった。あとは人の問題だろう。防衛省の隊員、警察官、その他公務員に非常事態国家総動員令を検討する。そのことを各省庁とで打ち合わせしなさい」

商店街、到着

いつも通り、人間の乗ったコンテナが下りてきた。リストを見ると、ＰＣのハードソフト関係者、眼鏡屋兼眼科ドクター、金物雑貨・金属金物雑貨（ＤＩＹに近い雑貨店）、化粧品（男女とも）、パン菓子饅頭、文房具、薬雑貨、味噌醤油、豆腐油揚げ、乾燥食品、塩干もの、魚、漬物、コインランドリー、うどん、そば、天ぷら、衣料品生地を扱う人たちだった。さらに、資材、機材のコンテナがつづいた。

宮城と白柳は、到着した人々を商店街通りに連れて行った。
「よくお越しになりました。ここが皆さんの暮らしと商いを行う場所です。子供を育て教育して、子孫をつぎの世代に繋いで行きます。わからないことがあれば、私、宮城と隣の白柳になんでも聞いてください。それから、ＰＣソフト関係者の方は、こちらの塚本に付いて行ってください。それでは、皆さんがこれから商売をするコンテナを店舗の前まで運びます。お店を開くまで、七日間の準備期間を設けています。八日目には一斉に店舗開きです。それでは金山さんお願いします」

金山が案内を引き継いだ。

作業員が、店舗ごとに商品や陳列棚などがコンテナに詰め込まれていたのを、割り当てられた店の入り口に直角に配置していった。リフト二台で、二時間ほどで終了した。

「よし、これでなんとか片付きましたね」

指揮を執っていた白柳が、やれやれといった表情で宮城に言った。

「それから宮城さん、先日話した技術者たちとのミーティングの件ですが、早々に化学プラント技術者、製鉄高炉技術者、ガラス製造技術者、耐火煉瓦製造技術者、原油精製技術者などの方たちと会議をセッティングしましょう」

「あと、造船班長、土木技師なども加えたいですね」

「三日後の午前一〇時でいいですか。宮城さんの名前で集合をかけますね」

「それでお願いします」

「あとは、開店準備に子供たちを応援に来させるか。塚本さんに一斉連絡をしてもらおう。それとカードの件もあるから会いに行くか」

白柳は宮城と別れ、通信班長の塚本のところに足を向けた。

「塚本さんお願いしたいことがあります」

「なんでしょう」

「今日来られた皆さんはおもに商店街で商売する方々で、一店舗あたりコンテナ一本に販売商品が入っています。それをコンテナから引き出すために手伝いが必要なのです。そこで、一二歳以上の子供たちに手伝ってもらおうかと思いまして。それで、該当する子供たちの親御さん宛に一斉メールをしてほしいのです」

「なるほど、わかりました。すぐに打ちましょう」

「それと塚本さん、基地全員に対するカード決済用のカードの配布はどうなっていますか」

「カードの配布と使い方の説明は終了しています」

「今日到着した商店街の事業者の方々にも忘れずにお願いします」

「はい、承知しました」

「ふー、本当にこれで今日の仕事は終わった」

白柳は表情を崩した。


新しい移住者たちが到着してから三日後の午前、技術者たちとの会議が行われた。

各分野の面々を前にして、会議の主催者である宮城が話しかけた。

「皆さん、引っ越し作業でお忙しいところをお集まりいただき、ありがとうございます。二五〇〇年基地のまとめ役をしております宮城と申します。皆さんといっしょになってこの基地を発展させていきたいと思いますので、よろしくお願いします。

それでは早速本題に入ります。我々がこの地に移住してから二年ほど経ちますが、未来に生命をつなぐためにと、基地の完成を目指し日々奮闘しています。とはいえ、まだまだ政府からの援助なしではこの基地は成立しません。

これからは、要望すればなんでも送ってもらうような状況ではなくなるでしょうが、こちらで調達できないものは、強く要望しなければなりません。今後、皆さんはどういったものが必要になるのか、具体的に話を進めていきましょう」

最初に化学プラントの技術者が話をした。

「中野といいます。原油を調達するまで、さまざまなことを実験的にやっておかねばなりません。そのために少量でよいのですが、実験材料が必要なのです」

「それはどのようなものですか」

「まずは、粗製ガソリンの一つのナフサが必要です。これを原料として、エチレン、ポリプロピレン、ブタジエン、トルエン、キシレンを生成し、これらからプラスチック、化学繊維、合成樹脂、衣料品を作ることができるのです。ナフサが一五〇〇〇リットルと、エチレン、ポリプロピレン、ブタジエン、トルエン、キシレンが各二〇〇リットルほど欲しいです。まだあります。実験プラントを造るために、厚さ一・五ミリ、直径一二ミリのステンレスパイプ五〇〇メートル、ステンレス製のバルブ、コック、チーズ、さらにジンクロメイトなども不可欠です」

「わかりました。いまお話しになったリストを、通信班長の塚本まで送ってください。地球へ要望を出すときにお願いしましょう」

「製鉄高炉技術者の高野です。鉄を造るには、鉄鉱石、石炭、高炉がいるのですが、鉄鉱石が簡単に手に入らないという問題があります。石炭はこの近辺に埋まっていることがわかっていますが、掘り出すことが一苦労です。そこで以前から考えていたのですが、この基地の古鉄を利用しようと思っています。この基地には使用済みのコンテナがたくさんあります。また、建設重機や農機具などの中には修繕のできないポンコツがあると思います。これらを解体すれば相当な量になるでしょう。となると、問題は石炭だけです」

それを受け、出席者の一人が発言した。

「コンテナの古い物なら、五〇〇個ぐらいありますね。それに耐火煉瓦を造るには、あまり問題はないでしょう」

「ガラス製造技術者の山野です。私のところはなにも困っていませんが、医薬品研究の伊勢田さんが相当困っているようです。先日どこで集めたのかわかりませんが、ボヘミアングラスとかコップ、花瓶を持ってきて、『これでビーカー、フラスコ、ピペット、培養試験管、キャニスターなどを作ってくれ』と言ってきましたから。今度政府から荷物を送ってもらう機会があれば、ガラスの塊を一〇〇キロくらい送ってほしいです」

それを聞き、化学者である今中が、

「言い忘れていた。先ほど話に出たナフサだが、第二次の便で五〇トン要請した。ただ、まだ送られていない」

と、指摘した。

「前回の要請分は今度到着する便に積載されてくるはずです。もう少しお待ちください。ガラスの塊一〇〇キロは次回便に載せるよう、強く要請しておきます」

宮城が答えた。

つづいて、土木水路担当の水田が手をあげた。

「現在の造船場は一艘入るともう手狭で、作業もあまり進みません。船渠ドックを造り、五〇メートルクレーンを設置すると作業がはかどります」

造船場に関しては、宮城に代わって白柳が答えた。

「いま造船場の話が出ましたので、今後の建設計画を簡単にお話ししておきます。造船場の東隣に化学プラント工場を持ってきます。そして、その隣に製鉄所を造る計画です。それぞれの大きさは、海側の幅は五〇〇メートル、奥行きは一〇〇〇メートルで、この区画を五区画造ります。製鉄所の海側には桟橋を造る予定です。船渠ドックのことも併せて進めていきたいと思います。建設計画の建部さんもよろしくお願いします」

「了解しました」

「ついでにもう一点、海側から一〇〇〇メートルの場所に井戸を一本掘りまして、その後ろに二〇家族の住居を建てる予定でおります」

「いろいろと要望が出ましたね。ほかになければ、お開きとしましょう。今後は定期的にこういうした会議を設けますので、追ってご連絡します。本日はありがとうございました」

宮城がこう言って、会議を締めくくった。

アメリカ大陸移住への道筋

技術者たちと会議をした翌日、宮城、白柳、塚本の三人はオスプレイⅢの整備テントを訪れ、飛行班長の添田と整備班長から、アメリカ大陸移住地調査のフライトプランを聞かされていた。

「先日お伝えしたプランを若干変更しました。まず、出発四日前に九州を一周して一日点検をします。つぎの日は九州を二周して、さらに二日間点検をします。翌日は最終点検と荷物、食料などの積み込み。その翌日ハワイ島に向け出発します。ハワイ島で一泊してサンフランシスコまで飛びます。サンフランシスコで機体の点検、食事、睡眠をとり、翌日早朝にミシガンに向け出発。ミシガン湖を一周して、移住条件に適う場所を見つけしだい着陸します。翌日朝から発信機の設置作業を行ったら、その翌日の朝にミシシッピ川を南に下がり、河口の周辺を上空から条件に適うところを探します。翌日発信機を設置したら、翌日の早朝ハワイ島に向け出発。ハワイ島で機体点検、食事、睡眠を取ってから、翌日午前に二五〇〇年基地に向けて出発。基地には一七時間後の日本時間で午前九時に到着予定。行程は以上のとおりです。ですから、基地を出発してから帰還まで、問題がなければ九日間ほどですね。搭乗員は正副パイロット四名、整備員四名で行くつもりです。万が一に備え、予備のモーターとプロペラを積んで行きます」

練り上げられたプランを示すかのように、添田は淀みなく解説していった。

そこに通信班長の塚本が飛び込んできた。

「宇宙探査庁から通信文が届きました。内容を読み上げます。

『先日アメリカ大陸の移住地調査を依頼しましたが、移住地決定を前提に、七月上旬を目処に移住者たちを送ることが決まりました』

これ以外にも、二五〇〇年基地への通信文があります。

『二五〇〇年基地より要望物資、資材、機材があれば知らせてください。明日朝までに連絡をください』

以上です」

「キャプテン、いまの通信内容を前提にして、出発の準備を整えていただけませんか」

宮城は、飛行班長の添田に言った。

「アメリカ大陸への移住予定は二カ月後ですね。大丈夫です、任せてください」

「それでは、よろしくお願いします」

皆がそれぞれに向かって、軽く頭を下げた。

「ところで塚本さん、昨日の会議で、技術者の皆さんが欲しいと言っていた物の記録はありますか」

「はい、一覧にしてあります」

「ちょうどいい機会ですから、全部要請しましょう」

「この間言い忘れていたのですが、いろいろな酵母菌とか味噌の発酵菌、酒の麹菌、パンのイースト菌、納豆菌。あと、基地には砂糖がないので、二トンほどお願いしたい。言い出したらきりがありませんが、通信に入れておいてください。このあと、金山さんのところへ走ります。緊急に小さな部品など、欲しいものがないか聞いてきます」

白柳が張り切った面持ちで言った。

白柳は一人で、金山のいる工場を訪ねた。

「金山さん、こんにちは」

「おー、なんだ」

と言いながら、油まみれになった金山が出てきた。

「実は急に宇宙通信船がやってきて、欲しい物があれば、明朝までに通信で送れというのです」

「うーん……、急に言われてもなー。こちらで作れないものはないが、できないものが一つだけある。それは油圧蛇腹ホース径一〇ミリ、一五ミリを、三〇メートルずつ欲しい」

「わかりました。塚本さんに伝えておきます」

「おい、お茶でも飲んで行け」

「いや、結構です。急いでいますから、失礼します」

「忙しい奴だな、ほかにも話があったのに……」

金山は、白柳の後ろ姿を眺めながらつぶやいた。

商店街市場オープン祭

商店街の住人たちがやってきてから、七日目の夕刻であった。白柳は商店街の完成具合いを見にきていた。商店街の中央に造る市場の台を大工たちが手直しをしていた。左右に分かれた商店街の家族たちは、周辺の店舗前の整理、清掃をやっているようだ。

「まだ商品が山積の箇所もあるが、明日朝九時の開店には間に合うだろう」

白柳は一人つぶやいていた。

そこへ、総合調整役の宮城、建設計画の建部がやってきた。

「白柳さん、よくここまでやれたね。まだまだやることがいっぱいありますが、まあ一段落ですかな」

宮城が白柳を労い、さらに話をつづけた。

「商店街を一通り見てきました。しばらくは地球から持ってきた在庫で凌げますが、この人たちに商品を供給せねばなりません。商品の供給が回り出すと、街は完成ですね。屋台も準備できたそうです。山形さんなんか、その場で焼いた卵焼きやとんかつを販売すると言っていましたし、農業者の皆さんからは葉物野菜、根菜、串団子、もち、焼き芋など、いろいろと出るそうです。残念なのは、砂糖、油、酒がまだこの基地では製造できないことですな」

「金山さんも、たこ焼きと綿菓子の製造機を作ったので、明日売るんだと言って張り切っていましたよ」

白柳も笑いながら言った。

朝七時ごろ白柳は商店街に来てみた。今日一日はここで商店街、市場の動きをじっくり見てみようと考えていたからだ。市場のみんなは、先日届いた小型トラックに荷物を満載して続々とやってきた。

見ると、山形が場所割を指図していた。

「山崎さんあんたは一六番のところ。先日引いた札番号の場所だ」

「辰巳さん、えーとお宅は九番だ」

一桝は一二〇〇センチ×一二〇〇センチで、二桝使用する人もいた。

様子を見ていた白柳のところへ、塚本がやってきた。

「白柳さん、お早うございます。私はここ三日間徹夜です。ＰＣ部門の人たちはよくやってくれました。サーバーのダブルセットも置き、ソフト別にサーバーをセットしています。基地の皆さんにはカードを渡し、使い方を全員に覚えさせました。なんとかうまく行ってくれればと祈っています」

「そうですかそれは大変ご苦労さまです」

白柳が塚本の労をねぎらった。

市場の出店者たちが荷物を持って続々とやってきて準備をしているのを、二人は感心しながら見ていた。漁村指導者の瀬戸内もやってきて、捕れたてのサバ、アジ、マグロを売り場台の上に置いた。農業者の人たちはそれぞれ、白菜、大根、ネギ、あんこ餅、串団子、焼き芋、どぶろく、スイカまで持ってきて、売り場台に載せた。

そのとき、宮城が携帯マイクを手にやってきた。

「白柳さん、ご苦労様です。そろそろ始めましょうか」

と、言ってから、オープン開始の挨拶をした。

人々がどっと津波のように押し寄せた。みんなは商店街、または今日だけの市場を見るだけでも楽しそうであった。

「さあー、買った、買った、たこ焼きだよ。今朝捕れたタコが入っているよ。奥さん、白菜の漬物、キュウリ、ナスは自家製だよ、今晩の菜にしな」

基地の住人は大人も子供も顔がほころんでいた。

「祭りをやってよかったな」

白柳は一人でつぶやいていた。

オープン祭の翌日昼過ぎ、宮城以下班長たち全員が新しい街庁舎の二階に集まり、二五〇〇年基地幹部会が行われた。

「私は昨日、あんなに楽しく愉快な気分になれたのはこの基地に来て初めてでしたよ。皆さんどうでしたか」

進行役の宮城が表情を崩しながら話しかけた。

「わしは卵焼き、豚肉を適当に切って焼いたが、買ってくれたものを素手で渡すわけにもいかないから、福井さんに泣きついたよ」

山形はこう言って、みんなの笑いを誘った。

山形は製材班長の福井に、カマボコ板の一回り大きいサイズの板五〇〇枚ほどを依頼し準備していた。

会場で、そんな山形の様子を見ていた農業担当の岡田と漁村指導の瀬戸内は、同じく福井に木製の板や箱を注文したのである。

「以前からなにかの役に立つと思って、端材を一二ミリの厚みにして乾燥させていたんです。大工の棟梁にも相談しました。こうして、皆さんのご要望に応えることができて良かったです」

福井はそう言って、安堵の表情を見せた。

「それはありがとう」

宮城以下、感謝の言葉を述べた。

「市場開催の話はこれまでとして、今後定期的に開催したいと思います」

「農作物だけでも朝市をできるといいな」

そう言ったのは岡田である。

「そのときはうちも参加させてください」

瀬戸内が同調した。

オスプレイⅢ、アメリカ大陸に出発

オープン祭で大いに盛り上がった日から五日後の朝、

「そうだ今日、オスプレイⅢの出発日だった」

白柳は、オスプレイⅢの整備テントに向かった。

オスプレイⅢでは、大勢の隊員が最後の点検に入っていた。

「おーい、この間地球から届いた六台の発信機は積みましたか」

白柳が作業員の一人に確認した。

「はーい、すべて積みました」

昼の一二時過ぎ、正副パイロット四名と、整備員四名の合計八名を乗せたオスプレイⅢは、最初の着陸地ハワイ島に向け飛び立った。

「これから瀬戸内海、大阪湾を経由したのち東に変針、ハワイ島に飛ぶ。以上」

添田キャプテンは少しばかり強い口調で言った。

「お～、瀬戸大橋が見えてきた」

整備班兼記録係が軽い冗談を飛ばした。

「バカ言え、二〇〇〇年経たないと見えない」

添田が一蹴し、さらに表情を厳しくすると、

「飛行機に振動や異常音が聞こえないか？　ちょっと静かにしてくれ」

乗組員に指令を出す。

整備班全員は目を閉じて椅子に座り、ひじ掛けに手をかけた。

「どうだ、異常は感じないか」

「異常なし」

「了解した。あと一五分で方向を転じる。その後一挙にハワイ島を目指す」

「ただいま飛行機は東に方向を転じた。到着予定時刻は日本時間の二時三〇分、現地時間では朝の七時三〇分だ」

添田飛行班長は厳しい表情を崩すことなくつづけた。

ハワイ島に着陸

「やっとハワイ島まで来たか」

添田飛行班長は安堵の表情を浮かべたのも束の間、つぎの指令を出した。

「全員に告ぐ。方位三時下の方向に人間らしき姿が見える。双眼鏡で確認してくれ」

すぐさま整備班から応答があった。

「あ、いました。人間ではないです。大型のサルですね」

それを受け、添田がつぎつぎと指示を飛ばす。

「下に大きな砂地が見える。そこに降りる。着地すれば整備員はモーター、プロペラを徹底的に調査せよ。最初に四つのモーターの温度とシャフトの温度を調べ、パイロットに知らせよ」

「コーパイ（副操縦士）、電気エネルギーの使用量、超軽量エアエネルギーの使用量を報告せよ」

全員は検査測定などを行い、終わったのは昼ごろであった。

「みんな昼飯を食って、夜までゆっくりしよう」

添田がそう告げると、パイロットたちは寝袋に体を横たえ、睡眠に入った。


現地時間で二二時まで睡眠をとり、食事と片付けをしてもう一度点検のうえ、すべての乗組員がオスプレイⅢに乗り込んだ。

「さ、つぎはサンフランシスコに向かって一直線だ。ただいまの時刻、現地時間午前三時一分だ」

添田が気合いの入った言葉を発した。

深夜にハワイを出発してから八時間、現地時間の一三時〇分、オスプレイⅢはサンフランシスコの上空を飛んでいた。

「野球場の二倍くらいの平地がないか、全員で探せ」

添田が指令を出すと、しばらくして、整備班からの応答があった。

「ありました、三時の方向下です」

「了解」

オスプレイⅢは、その場所に着陸した。

「あー、疲れたな。いつも通り、点検を済ませたら、食事と睡眠、点検をして現地時間明日朝六時〇分に出発だ。出発まで余裕があるから、ゆっくり休んでくれ」

そして、予定通り点検と休息をとったのち、添田はつぎの指令を出した。

「ミシガン湖に向けて出発する。巡航速度二五〇ノットで飛ぶ」

現地時間の一四時

「おー、湖が見えてきた。これがミシガン湖か。しかし意外に小さいな。地図では琵琶湖の何倍もある大きな湖が五個あるらしいが……。高度を少し上げてみるか」

添田が独り言ちるや否や、指令を発した。

「整備班、周囲を観察せよ。高度を上げるから地図と比べよ。高度一万五〇〇〇フィートに上昇する」

　機体の高度が上がると、やや間を置き整備班から報告が届いた。

「前方一二時の方向に、大きな湖が見えます。三時の方向に、全容はわかりませんが、二つの湖が見えます」

「了解、視認した」

　無事に彼らは、近くに森がある湖から五〇〇メートルほど離れた場所に着地した。

「やれやれやっと着いたか」

　整備班の一人がつぶやいた。

「これからすぐに食事を取る。食後に周囲を調査して、問題がなければ明日の朝から本格的に宇宙探査庁の条件に合う場所を探す。以上だ」

　翌朝八時、乗組員全員が機外に降りて、添田の話を聞いていた。

「発信機の設置場所だが、宇宙探査庁によると近くに六〇センチの立木があって、三方一〇キロ以上の起伏の少ない草原と、小さな川があればよいということだ。飛行班の二名を残し、すぐに出発してくれ」

　調査隊は昼ごろまで三キロの範囲で歩きまわったのち、全員が帰ってきた。

「みんな、目ぼしい場所はあったかね」

添田が彼らに声をかけた。

「皆の候補地の意見はそろいました。ここから南に目を向けてください。五キロほどの所に森林が一五キロ見えます。少し切れて、また森林がつづきます。その六キロ先に小高い丘が見えます」

整備班長が説明した。

「うーん、そうすると約一五〇ヘクタールか……」

添田飛行班長は束の間瞑目していたが、良案が浮かんだようだ。

「誰かトランシットとレベルを飛行機の中から持ってきてくれ。レーザー距離計もあったら、それも」

添田に言われて、二人の整備班が機内に入っていった。


「誰かセットできるか」

添田がトランシットとレベルを受け取りながら尋ねると、

「はい、私がやりましょう」

当然といった表情で、整備班長が応じた。

「学生のころ教わっただけだからな……」

添田は弁解でもするようにつぶやきながらも、

「誰か記録を取ってくれ」

と、如才なく指示を送る。

「はい、わかりました」

すかさず一人の隊員が手を挙げた。

「森林の切れたところまで一四キロ、森林まで真北で五・一キロ、小高い丘まで八・五キロ、高低差森林の切れたところまで一二〇センチ……」

添田飛行班長自らが読み上げる渇いた声が、周囲に響いた。


「記録帳を持ってきてくれ」

作業が終わると、添田は記録帳を見ながら二〇分ほど思案し、全員に声をかけた。

「よしこれで行こう。みんな疲れているようだが、これから宇宙探査庁から預かって来た発信機を三カ所に三角の形で置く。二人一組で三カ所に分かれてやろう。据え方などは手順通りに行い、二人で確認するように」

添田も整備班長と組になって五〇〇メートルほど歩き設置地点に到着した。

「さて、スイッチオン。つぎに赤のランプが六個とも青になったらＯＫだ。よし、これで設置完了。戻りましょう」

しばらくすると二組の隊員たちも帰ってきた。

「さて、つぎのミシシッピ川河口だが、これから出発すると到着が夜になるので、ここで一泊する。出発は現地時間の明朝一〇時〇分だ。今日はゆっくりして、作業で疲れた体を休ませよう。以上だ」

添田は皆に伝えた。


翌日彼らは早い朝食をとり、出発の準備に入った。

「さあ、これから四時間の飛行だ。ミシシッピ川の河口まで直行する」

添田飛行班長の気合いの入った言葉が機内に響き渡った。


「ミシシッピ川の河口に近づいてきましたね」

雄大な大河を目にして、副操縦士が添田に告げた。

「河口まで来たら反転して二〇キロの円を描くように周囲を調査しよう。全員窓から周辺を観察せよ。特に森林のある場所を見つけろ」

添田の指令から二〇分もしないうちに、彼らは草原の中に着地していた。

「ここなら大丈夫、条件に当てはまるところだ。外へ出てみよう」

添田は副操縦士といっしょに地図と照らし合わせた。

「どうもここは二五〇〇年前のテキサス州ダラスに近いところだな。見えているあの海は、メキシコ湾だ。南側に見える山脈には立派な大木がある。メキシコ湾は波が少ないから漁港は作れる。それでは明日の朝から発信機の設置作業を行う。今日は食事と休息、そしてオスプレイⅢの整備点検をしっかり行うこと。以上だ」

翌朝、添田は隊員にレベルとトランシットをセットさせ、接眼レンズを覗き込んで言った。

「河口の水面から九五センチか。北方向には〇・五度傾斜。悪くはない。ここはミシガン湖の場所よりも条件に合っているな」

「さて、発信機の設置の準備をしてくれ。この地点から南南東に一〇〇〇メートル。そこからミシシッピ川に沿って一〇〇〇メートル。ここにあと一つ設置する、以上。それから、いつもの通り二人での確認を忘れるな」

つづけて添田は、これから二五〇〇年基地に戻る飛行計画を述べた。

「当地を現地時間の明日午前三時〇分に出発して、ハワイ島まで直行する。ハワイ島には現地時間で一五時三〇分に着陸する。そして、機体点検、食事、睡眠をとり、現地時間で翌日の午前一一時〇分にハワイ島を離陸する。あとは二五〇〇年基地に直行するのみ。帰還は一七時間後の日本時間で翌日午前九時〇分だ。長旅だが、パイロットは交替で操縦するから安心したまえ。以上」

宇宙探査庁

宇宙探査庁では、まず防衛省の陸上部隊が集められた。防衛大臣も出席の会場で、司会者が説明した。

「ただいまから、五一〇名の選抜された隊員の皆様に対して、最後の挨拶があります。防衛大臣、お願いいたします」

「皆さんが第二・二五〇〇年基地に出発するにあたり、最初に申し上げることがあります。ここにおられる隊員すべてに、本日をもって退官を命じます。どこへ行っても階級呼称はありません。二五〇〇年基地には、軍隊も警察も法律もありません。現在第一・二五〇〇年基地には、二〇〇〇名近くの日本人が一致団結し、自給生活をしております。

向こうに着いて一人ずつに通信機、身分証、金銭収支カードが配られます。二五〇〇年基地には、銀行も郵便局もATMもありません。なんの目的で二五〇〇年基地に移住者として行くのか、これだけは頭に叩き込んでおいてほしい。皆さんは、人類の生き残りをかけて移住をして、子孫を繋ぐのです、子供を産み、教育をして、一〇〇〇年、二〇〇〇年と繋いでいきます。いずれ氷河期も終わりましょう。これは、いつ終わるか誰にもわかりません。地球から物資・機材がある程度は補充されますが、一日も早く自給生活に入ってください。私の言い足りないところは、移住局の方々に聞いてください。以上です」

農業従事者ほか、建築土木技能者、ポンプ配管技術者、電気技術者、金物製作技術者、木材伐採・製材技術者、製材機担当、都市計画担当、ＩＣカード通信担当、宇宙探査庁から調整役三名、列挙された人たちは一堂に集められ、宇宙探査庁の調整役からの説明を受けた。

「私は、宇宙探査庁の調整役五百旗頭《いおきべ》と申します」

「同じく安田と申します」

「都市計画者寺田氏、ＩＣカード通信担当平山氏、そして私たちは、今日をもって宇宙探査庁の役人を退官しました。先に二五〇〇年基地の先住者となった宇宙探査庁の出身の方々に、私たちの街作り、農場作り、水田および畑作りなど教えてもらうことになります。新しい移住先では一二歳以上は仕事に従事してもらいます。学校建設が終わりましたら、小中高の皆さんは、学校に通ってもらいます。私からは以上です」

農業従事者の一人が、質問をした。

「向こうに着いて、水田や畑などでき上がると、『ここはAさんの土地、あちらはBさんの土地』と分けてくれるのですか」

五百旗頭調整役が答えた。

「二五〇〇年基地でもそうですが、土地、農具、機械の個人所有はありません。家のまわりでできる家庭菜園的な葉物野菜、根菜、果物などは個人の所有物とみなします。それは第二・二五〇〇年基地でも認められています。そして市場にも出荷できます」

オスプレイⅢ、アメリカ大陸から帰還

眼下に四国の大地と瀬戸内海の海原が広がっていた。朝の陽光を受け美しい。

「現在時刻、日本時間の八時三〇分。あと三〇分ほどで二五〇〇年基地に到着だ。着陸の準備をせよ。以上」

添田飛行班長の声が機内に響いた。

添田のアナウンスからちょうど三〇分後、アメリカ大陸でのミッションを終えたオスプレイⅢが、出発から七日後の午前九時に無事二五〇〇年基地に舞い降りた。帰還の知らせを受けていた宮城、白柳、建部たちは乗組員たちを、笑顔で出迎えた。

「キャプテン、お疲れさまでした」

白柳が声をかけると、添田は厳しかった表情を一変させた。

「宇宙探査庁も満足できる場所に、受信機を設置できたと思いますよ」

「よかった。通信船が添田さんの報告を待っていますので、お疲れのところを恐縮ですが、

この午後にでも打ち合わせをお願いできますか」

「もちろんです。ある程度まとめてありますので、お持ちします」

「助かります。それでは。午後一時でよろしいですか」

「大丈夫です」

白柳は添田飛行班長の報告を受け、横にいた塚本に言った。

「塚本さん、上空の通信船に『アメリカ移住地調査のミッション成功、詳細は本日一八時までに』と伝えてください」

「了解です」

塚本はそう言うと、通信室に走って行った。

二五〇〇年基地中州島移住者

当初アメリカ大陸に移住するはずであった宇宙船団が、二五〇〇年基地の上空一五〇キロのところに来ていた。

地上では、上空の宇宙船からメールを受け取った。

「二五〇〇年基地に連絡します。明朝一〇時に、移住者一八〇〇名と貨物コンテナを二五〇〇年基地の南側、中州に降ろします」

塚本は、すぐに宮城と白柳に連絡を取った。

「これで二五〇〇年基地は人口が倍近くになるのか……。明日、中州島へ出迎えなければ」

塚本はつぶやいた。

宇宙船団の話は、瞬く間に二五〇〇年基地中に伝わり、朝一〇時になると多くの人が川の浅瀬を渡ってやってきた。

コンテナが降りてきた。

「たくさんの数だ」

「今度のコンテナは、倍ぐらいの大きさはあるな」

「途中でぶつかったら、この前みたいに死人が出るよ」

などと、人々は上空を見上げながら口にした。

宮城はハンドマイクをもってきていた。

住宅型コンテナと機材・資材のコンテナとが一直線に並んで、また住宅型と資材型は、直角に並んで降りてきた。これまでにない降り方であった。

「新型の宇宙船は、前回までのコンテナと動作が違うね」

宮城が指摘した。

地上に降りたコンテナからは、誰も出てこなかった。ドアの隙間から覗いているのはわかっているのだが、これまでなら着地と同時に外へと飛び出してきていたのに、今回は様子が違った。

白柳はハンドマイクで呼びかけてみた。

「こちら二五〇〇年基地の先住者です、宇宙探査庁の方はおられますか。外へ出てきてください」

二回ほど呼びかけると、あちこちのドアが開いて、三名の人物が出てきた。

「こんにちは。二五〇〇年基地へよくお越しくださいました。ご安心ください、私たちは元宇宙探査庁の者です。私たちも宇宙探査庁から指名されてここにやってきました」

と、宮城が声をかけた。

つづいて塚本がハンドマイクを握った。

「こちらへ来られた人たちの名簿表と資材・機材、食料の在庫表リストがありましたら、このチップに移し替えていただけませんか」

すると初老の男性が話しかけてきた。

「私は五百旗頭と申します。今回移住した人たちの代表調整役をしてきました。それから、こちらの二人は……」

五百旗頭は二人に自己紹介を促した。

「はい、私は安田と申します。防衛省からこちらの隊員たちの調整役で来ました」

「私は山本と申します。一般移住者の調整役です」

「皆さん、現在一一時半です。まずは食事をして、一時半に集合でどうでしょうか。厨房と食堂のテント小屋を皆さんの力で造り、テント小屋に全員集合して、打ち合わせをしましょう。ナンバー二五のコンテナにナノシートのテントが三基あります。それとナンバー三〇と三一にテーブルと折りたたみ椅子が入っています。それを皆さんで出してください」

白柳は三人に提案した。

二時過ぎ、ナノシートのテントが外に出され、椅子とテーブルも続々と出された。

白柳が、

「ホースをガッチリと連結して、テント側の赤いボタンを押してください。防衛省の方は何度も経験をしていますね」

と言うと、三基のテントは手早く張られ、照明まで取り付けられた。打ち合わせ用の椅子と折りたたみ机も並んだ。

五百旗頭は、

「防衛省の方は、独身男女すべて、家族持ちは家族の代表者、農業従事者やそのほかの職種の方も分かれて、それぞれテントに入ってください」

と、新たな移住者たちに指示した。

宮城が、皆に向かって挨拶をした。

「私は宮城と申します。元は宇宙探査庁の職員でありました。現在は二五〇〇年基地の調整役として仕事をさせてもらっています。

この基地は、今日来られた方々を合わせますと、四〇〇〇名近くの人口になります。私たちの役割は、五〇〇年、一〇〇〇年と、人類の子孫を残すことであります。些細なことでいがみ合ったり、争ったりしてはなりません。食料も自給を行い、少ない物でも分け合って、子孫を繋ぐのです。

私たちには、もう帰る場所はないのです。西暦二五〇〇年の地球人類は、全滅か、赤道に近いところにわずかに生き残るだけでしょう。そんな時代なのです。日本政府からはもう我々へは食料を送って来ないかもしれません。

薬でも衣服でも、味噌も醤油もコメもそうですが、すべて自給です。皆さんがお手持ちのアルミ缶やガラスコップでさえすべて貴重な資源なのです。調理屑なども、堆肥として畑の肥料に利用します。肌着や赤ちゃんの産着を作るために、少しずつですが綿や麻の苗木を植えています。とにかく協力し合って生きていきましょう」

宮城は挨拶を終えると、新移住者たちとの顔合わせを兼ねた打ち合わせを始めた。

「いまから仕事の割り振りをしましょう。医師、看護師、薬剤師、放射線技師の方々はおられますか。手をあげてくれませんか」

一二名が手をあげた。

「この中洲島には診療所を造り、二五〇〇年基地に本院と医療大学院を置きます。それと薬学部も設けます」

「材木の伐採・製材の経験のある方」と聞くと、一名が手をあげた。

「私は製材機のメーカーにいました。今回、中型の製材機を持ってきております。あとで製材・伐採班の斑長を紹介します」

「建築関係の仕事をされていた方はいますか」と聞くと、一五名ほどが手をあげた。

「いま手をあげられた皆さんには、後ほど、建設担当の建部さんを紹介します」と告げた。

「井戸鑿泉工事、給水、配水関係の仕事されていた方は」と尋ねると、五名が手をあげた。

「皆さんには、後ほど水道施設担当の浅井さんを紹介します」

「土木工事、水路工事、下水工事の経験者の方はおられますか」と聞くと、一五名が手をあげた。

「後ほど道路水路建設の清水さんと各班調整役の白柳さんを紹介します」

つづいて「測量地図に携わった方はおりませんか」と尋ねると、一名だけが手をあげた。

建部が「道具はなにをお持ちですか」と問うと、「平板、トランシットレベルは持ってきました」と言う。

「わかりました。あとで私、建部と打ち合わせしましょう」と言った。

「農業をやって来られた方は手をあげてください」との問いかけには、約一〇〇名が立ち上がった。

「仕事は土木工事から水路工事、田畑作り、農業に関することすべてです。明日にも二五〇〇年基地の水田、畑を見学に行きましょう」

「家族の中で、男性で一八歳以上の方は手をあげてくれませんか」との問いには、五〇名ほどが手をあげた。

「その中で、大学で化学、窯業学、機械学、ＩＴのハードとソフト、造船学などを専攻していたお子さんをお持ちの方はおられませんか」と尋ねるも、

「わからんな」

「なにを勉強しているのか……」

「動物学と言っていたな」

などと、明確な答えは得られなかった。

「それでは該当する方がいらっしゃいましたら、明日午前一〇時にこの場所に見学に来てもらってください」

と、建部が言った。

宮城や建部たちが挨拶していたテントの隣のテントでは、防衛省の関係者に対して白柳

が二五〇〇年基地での役割について説明をしていた。

「白柳と申します。これから具体的な仕事内容を打ち合わせしたいと思います。皆さんの中で独身の方は、食事は男女とも朝昼晩の三食をここで取っていただきます。独身の方はこのテント二棟を使って、厨房および食事をします。ここに冷凍庫、冷蔵庫、食料庫を設けます。調理は、調理班長以下男子二名と女子が行います。日曜日は、給食はお休みです。各住居にある非常用保存食品を食べてください。ところで、この中で土地の測量ができる方はいませんか」

すると、四名が手をあげて、「私たちは施設大隊にいましたから、測量はできます」と答えた。

「それでは明朝、ここで打ち合わせしますので集まってください」

「養鶏、養豚の経験のある方はいませんか」との問いかけには、二名が手をあげた。

「私の実家は養鶏をしていましたが、廃業しました。実家は北海道です」

「私は養豚の経験はあります。実家は同じく北海道です」

「では明朝一〇時、ここで打ち合わせをします」

「架橋建設ができる部隊があると聞いています。何名ぐらいおられますか」と、白柳が尋ねると八名が手をあげた。

「明日、測量班と同じ場所に来てください」

「漁業をされていた方は手を上げてください」との問いには家族持ちの隊員が三名、手をあげた。

「明日の朝、漁業班長の瀬戸内さんがここに来ます。彼と打ち合わせを願います」

「あのう私には弟がいていまは無職ですが、子供のころから漁師をやっています。雇ってほしいのです」

「よろしいでしょう。明朝弟さんといっしょに来てください。ほかに一八歳以上で無職の弟さんか妹さんをお持ちの方はいらっしゃいませんか」

「はい、います」と、四名が手をあげた。白柳は、まだ大学生の弟か妹がいるだろうとも思ったが、今日はもう時間も遅いので問うのをやめた。

そのとき、宮城が顔を出し、小声で「こちらのほうは解散した」と告げた。

白柳は、「今日はこれで終わります」と、皆を解散させた。

第二・二五〇〇年基地

この日は、宮城、白柳、建部の三人が、第二・二五〇〇年基地を視察に来ていた。しかし、基地の中は子供の声は聞こえるが、静まり返っていた。

「五百旗頭さん、これはどうしたことですか。二五〇〇年基地に到着して七日にもなるのに、皆さんはなんの作業もしていませんね。どうしてですか」

「それは、あなた方がこちらに来て、指示や指導をしてくれないからですよ」

宮城たちは言葉がなく、ただ唖然とするばかりでしばらく立ちつくした。

「五百旗頭さん。あなたは第二・二五〇〇年基地の組織責任者です。あなたが指揮命令を行わなければならないのです。このままでは、今回基地に来た人たちは数カ月のうちに野垂れ死にですよ。五百旗頭さんの下におられる安田さんと山本さんも、すぐこちらに集まるように言ってください」

宮城が促し、しばらくすると二人がやってきた。

「こんにちは、どうも」

「お二人は、基地建設をなぜ始めないのですか」

「それは……、命令が下りて来ないので……」

二人とも五百旗頭と同じことを言った。

「お三方は二五〇〇年基地をここまで築いてきたのですから、その豊富な経験を生かして私たちを指導してくれませんか」

五百旗頭が宮城たちに言った。

宮城はしばらく思案していたが、「わかりました」と応じた。

「それでは、しばらくは第二・二五〇〇年基地の指導顧問としていろいろな意見を差し上げます。実際の指示においては、各班長が指導に当たりましょう。ただし、つきっきりとはいきません。二日に一度、あるいは三日に一度という形になります。明日午前一〇時に改めて伺いますので、測量班、架橋班、調理班、給水班、建築土木関係の方たちを集めておいてください」

「よろしくお願いします」

三人は同時に頭を下げた。

「白柳さん、ゆゆしき状況ですね」

「同感です。あと三週間ほどで新たな移住者が出発するはずですから、この事態を知らせなくては……。早急に対応策を取ってもらいましょう」

二人は急ぎ足で二五〇〇年基地に戻った。


白柳は、息を切らして、通信班の部屋に飛び込んだ。

「塚本さん、通信船はいつまで上にいますか」

「今日の一八時出発の予定です。なにかありましたか」

「これからそのことを文章にまとめます。二〇分ください」

「……できました。まず読んでください」

「宇宙探査庁長官宛ですか。穏やかではないですね」

塚本は文章を一読すると、手際よく機器を操作した。

「終わりました。受信したと、言っています」

「ふ～ぅ」

二人は同時に息を吐いた。

宇宙通信船帰還する

添田飛行班たちによるアメリカ移住地調査の成功を受けて、政府はミシシッピ川河口を移住地とすることを決定し、約一カ月後に移住者を送ることが正式に決まった。

その決定から一〇日後のことである。宇宙探査庁の通信課長は、通信船より朝一番に二五〇〇〇年基地からの通信を受け取った。通信は二通あった。一通は大統領あての緊急通信であった。通信課長は読み始めて手が震えた。

「なんてことを。出発を三週間後に控えて……」

通信課長は宇宙探査庁長官室に走った。途中移住局長室に寄った。

「局長、お早うございます。すみませんが私といっしょに長官室にお願いできませんか」

「朝早くから息を切らして、どうした」

「二五〇〇〇年基地からの緊急通信です。三週間後にアメリカ大陸に出発する移住者たちのことについてです」

「そうか、よしわかった。すぐ長官室に行こう」


「長官は在室ですか」

移住局長が緊張の面持ちで秘書官に尋ねた。

「はい、いましがた来られました」

「移住局長と通信課長が緊急の要件だと申し上げてください」

「承知しました」

ほどなく、奥から声が響いた。

「おーい、中へ入れ」

二人が急ぎ中に入ると、

「なにごとかね」

「私から報告してよろしいですか」

通信課長は事の成り行きを話した。

「二五〇〇年基地からの緊急通信です。三週間後に二五〇〇年前のアメリカ大陸に出発する組織についてです。緊急通信文だけ、先に読んでください」

長官は通信文を目で追うと、ひと呼吸置いてから、

「やはり軍人出身は上からの指示命令がないとなにもできない。日本は長年にわたりそのような組織にしてきたから、いまさらこんな言葉を吐いても仕方がないのだが……」

と、愚痴ともとれる言葉を口にした。

「つぎの移住者たちが、今回のような形でアメリカ大陸に移住しても、彼らを支援する指導者や応援者はいません。出発まで三週間ほどありますので、この間に組織を見直し、各班の役割と責任を明確にしたらどうでしょうか。組織自体は二五〇〇年基地に倣った形をとっていますから、隊員たちにきちんとポジションを明示して自覚を持たせましょう」

このように、移住局長は善後策を示した。

「時間的にも非常に現実的な案だな。よし、それでいこう。大統領に知らせる」

長官はそう言って受話器を取り上げた。

「大統領、緊急です。面談を願います。私のほか、移住局長と通信課長です」

急ぎ足で出向きドアをノックすると、大統領の秘書官が出迎えてくれた。

「大統領にお会いしたい」

「承っております。どうぞこちらへ」

三人が秘書官に案内されて執務室に入るなり、大統領は口を開いた。

「いったいどんな緊急事態かね」

「今朝、通信課長が大統領あてのこんなメールを受け取りました。説明するより、先に中身を読んでください」

「うーむ、やはりそうか。それで、君たちにはどんな案があるのだね」

長官は先ほど議論した内容を述べた、

「二日後を目処に召集し、会議を開きたいと思います」

「なるほど、それでよいだろう。私も二時ごろに出席するから」


予定通り、二日後の午後一時までに家族を除く全員が大会議室に集められた。

「皆さん、突然にもかかわらずお集まりいただき、ありがとうございました」

移住局長は間を置かず本題に入った。

「先日、二五〇〇年基地からつぎのようなメールを受信しました。――当初アメリカ大陸へ移住する予定だった方々が、急遽二五〇〇年基地の近くに移住してきました。移住先がその地に決まった以上、一刻も早く基地を造り上げ、生活を安定させなければならないはずが、到着後七日目になっても杭の一本も打っていないのです。なぜ作業を進めないのかと問いました。すると、組織管理長は『命令が下りて来ないのです』と言うばかり。最後には、『二五〇〇年基地のあなた方が指揮命令をお願いします。私たちに指揮命令をして

いただきましたら、それを皆に伝えます』と主張するのです。今度アメリカ大陸に移住さ
れる方々が、このような状況になれば六カ月も経たないうちに、食料不足になって大半の
方がお亡くなりになるのではないかと心配でなりません。アメリカ大陸には二五〇〇年基
地の、私たちはいないのですから。――という内容です」

移住局長はつづけた。

「こうした事態に陥らないために、万全の対策を施したいと思います。幸いなことに、宇宙探査庁は二五〇〇年基地が歩んできた過程を細かく記録し残しています。これを参考に進めたいと思います」

「それでは第一番目として、現地の測量で広さ、河口の水面点を基準とした、土地の高低差地図を作成しなければなりません。測量班、手を上げてください」

五人が手を上げた。

「元の所属はどこですか」

三人が施設大隊に、二人が測量会社に勤務していた。しかし、「班長は」と問いかけても、顔を見合わせるだけであった。

「すぐに班長を決めてください」

こうして、移住局長はまだ班長が決まっていない部門に次々と指示を出していった。

局長はさらにつづけた。

「つぎに大事なことは飲料水の確保と田畑に入れる水路建設です。二五〇〇年基地では井戸を掘りました。井戸鑿泉工事班長と給水班長が合同して。基地の水の確保をやっていったのです」

「つぎは田畑造りですが、アメリカ大陸では主食のコメは概算で一〇トン、小麦も一〇トン、大豆一〇トン、トウモロコシ一〇トン、これ以外に葉物野菜、根菜類その他で一〇トンが必要になります。さらに、約一〇〇ヘクタールの田畑に対する水と肥料の確保も必要です」

そのとき大統領が入ってきて、そっと局長に耳打ちした。

「私には今日時間がないのだ。今来られている皆さんに一言申し上げたい」

大統領は来場者に向かって話し始めた。

「さて会場におられる皆さん。アメリカ大陸に行くのはなんのためか。申し上げなくても、わかっていると思いますが。二五〇〇年以上日本人が生き残るためです。そして、これから出発する人々の子孫を残すことにあります。では人間はどうして生きるか、それはまず食料を得ることです。この地球からいくばくかの食料は持っていきますが、そんなものは半年しか持ちません、この地球からも補充はしますが、いつまでもできません。ではいかにするか、皆さんの手で食料を確保しなければならないのです。コメ、小麦、豆、葉物野菜、根菜、これらを作るためにはなにが必要か。それは、土地や畑です。そのつぎに大切なものはなにか。私も農家の子供に生まれました。父、祖父からは食べ物を作るには、水と肥やし（肥料）だと、よく言われました」

大統領の演説は徐々に熱気を帯びていった。

「二五〇〇年基地には基礎肥料の窒素とリン酸、カリウムを持って行きませんでした。では、どのようにしたのか。窒素には人糞。そして、野山に子供大人が草を刈り取りに行きました。それを田畑に積み上げ、燃やして灰をトラクターでかき混ぜたのです、さらに、海浜の近くで死んだ貝殻を掬い取り、貝殻を粉にする機械を造り、それを田畑に巻きトラクターでかき混ぜました。そして、水路造りに全員が参加をして稲苗を植える。このようにしながら、つぎにやってくる人たちの住居棟を建築して出迎えたのです」

大統領はつづけた。

「このように逐一知っているのは、二五〇〇年基地に資材機材を送るたびに、どのような計画で基地建設がどこまで進んでいるかを、基地の人間が宇宙探査庁に知らせてきたからです。先日二五〇〇年基地近くに移住した組織は失敗でした。すぐ近くに二五〇〇年基地があったので助けてもらえましたが。今度アメリカ大陸に行くあなた方には二五〇〇年基地のような支援者はいません。どうか皆さん生き残ってください」

第二・二五〇〇年基地の建設

二五〇〇年基地の班長以上がいつもの会議室に集まっていた。

まとめ役で組織管理者の宮城が口火を切った。

「第二基地の班長名はわかりましたが、防衛省出身の隊員が何班に所属しているのかはっきりしません。決まっているのは架橋班三〇名だけです。ですから、お昼からの会議には、架橋班を除いて各班長と隊員すべて集まってもらいたいのです。隊員すべての名簿表は五百旗頭さんが持っていますね」

「はい、あります」

宮城は五百旗頭に確認すると、先を急いだ。

「隊員で最初に決めるのは、機械操作、掘削機、ブルドーザー、トラクター、クレーンなどの建設機と農業機械を操作できる人です。皆さんこのようにして決めて行きましょう。それでは白柳さんお願いします」

宮城たちは午後一時に第二テントハウスに入った。午前中に集合することを伝えていたので全員が集まっていた。

「私は宮城と申します。二五〇〇年基地の組織管理者です。防衛省出身者たちの所属先が決まらないとのことでしたので、今日ここで決めたいと思います。架橋班長、いま架橋班には何名いますか」

「現在一二名です」

「あと何名必要ですか」

「同じく一二名と、クレーンが欲しいのです」

「五百旗頭組織管理長、名簿の最初から一二名を読み上げてください」

五百旗頭が一二名の名簿を読み上げた。

「この一二名は今日から架橋班に所属してください。そして、架橋工事が終わりましたら田畑造成工事に参加してください」

宮城はつづけた。

「製材、機械メーカー出身の方がおられましたね」

「はい私です」

「あなたは第一基地の伐採・製材班長の福井班長と組んでください。福井さん、お願いします」

「はい、木材の伐採地はこの島にはありませんから、第二基地にて伐採、製材をします。二〇名の隊員を割り振ってください」

「五百旗頭さん、二〇名の隊員の名簿を読み上げてください」

五百旗頭は次々と隊員の名簿を読み上げていった。

「福井班長」

「伐採・製材地はここから五キロほど離れているので、宿舎をもう一棟建ててもらいたいと考えています。厨房員も足りなくなりますので、女子隊員を募集したいですね。六名ばかりお願いします」

このようにして元防衛隊員の配置を決めるのに、五時過ぎまで時間を費やした。

「これで今日は終わります。明日からは毎日、私宮城か白柳さんが来ます。あ、忘れておりました。最後になりますがＰＣに強い方がいたら挙手してください」

三名が手をあげた。

「明日第一基地から塚本通信班長が迎えに来ます。今日は皆さんご苦労さまでした」

建設開始、進捗する

翌朝、宮城と白柳が第二基地を訪れたときは、すでに測量が始まっていた。二人で出来上がりつつある測量図を見て、「中州の上流側と下流とは一〇センチか」、「この勾配を利用して水路を造ればよい」などと話しながら、橋梁を造る現場まで来た。見るとあちこちで人が動いている。宮城は近くにいた班長を呼び止めた。

「どうですか上手く行きそうですか」

「大丈夫です。二週間もあれば通れるようになります」

そこへ田畑造成班長の下柳が加わった。

「今日は稲田、小麦畑、トウモロコシ畑の区割りをします。測量図の出来次第ですが、よい畑や稲田ができます」

彼らのやり取りを目にした五百旗頭組織管理長が、急ぎ足でやってきた。

「ありがとうございます。今日から全員人が変わったように動き始めました」

五百旗頭の表情から確かな自信がうかがえた。


「白柳さん、そろそろ戻りましょうか」

「そうですね」

二人は意気揚々とした気分で、来た道を辿った。小川を渡るあたりで、白柳が立ち止まった。

「宮城さんここに木製の橋を架けませんか」

「……なるほど、上流には鉄製の架橋をして、下流は木製の橋を架けてもいいですね。帰ってまた第一・二五〇〇年基地の建設進捗状況を検討しましょう」

宮城は白柳の提案に同調した。

「そうですね。みんな一生懸命やっているのですが、見直しする必要があります。完成間近になっている病院のことですが、いま橋を架けているところから二〇〇メートルですから、第二・二五〇〇年基地には診療所を計画していますが、もっと大型の総合病院にしたらどうですか。最終的には大学の付属病院にして、学校は別に建てませんか」

白柳はいくつかのアイデアを宮城にぶつけてみた。

「とてもよい案です。梶山ドクターは手が空いてないかな、連絡してみましょう」

宮城はすぐ行動に移した。

「ドクターはすぐに来てくれます」

「私は建部さんに聞いてみます。それから金山さんにも。なんだかいつもの会議になってきましたね。しばらく工程会議がなかったからちょうどいいです」

「そうだ、道路水路建設の清水さんもお越し願おう。

――もしもし清水さんですか、宮城です。時間はありませんか。いつものところで、一時間遅くなってもいいですよ。はいお待ちしています」

それから三時間後、会議室に六名のメンバーが顔をそろえた。

宮城は白柳から出た案を議題にした。

「建設総合計画も半ばを過ぎました。実は今朝、第二・二五〇〇年基地からの帰り道で、鉄製の架橋の反対側にもう一つ木製の橋を架ければよいのではないかと、白柳さんから提案がありました。さらに、診療所の病院の建設を増築して、将来できる医学部の研修病院にも使えるようにする。そのかわり第二基地には診療所を設けない。第二基地が目の前だから必要ないのではないかという内容です。また、水路土木工事も、第一と第二である程度完成の目処がつけば、道路建設をしてはどうでしょうか。梶山ドクター、清水さん、いかがですか」

「私はこの間からいま言ったようなことを考えていたのだ。大いに賛成である」

と、梶山が答えた。

「清水さん、道路整備についてはどうですか」

「それについては、簡易舗装しかできないが賛成だな。こんな考えはどうだろう。いまの水路工事に目処がついたら、中州の手前にある小川を深さ一・五メートルのダム湖にして、その水を、第二基地の水田と畑用に使用するというのは。もちろん、第二基地の水路に流したい。ただ、懸念をしているのがセメントと鉄筋だ。まだ積算をしていないが」

ここで建設計画の建部が計画の進捗状況と今後の見通しを示した。

「第二基地の小学校はなんとか第二基地内に建築できそうですが、中学校は、建築できる余地がありません。小川の架橋の両隣には精米工場と精米倉庫、製粉工場、小麦倉庫を建てると敷地が不足するようになります。それと雑貨金物、金属工場ですが、これはかなりの敷地が必要です。第一基地の金物機械修理工場隣か、または近くに設ける必要がありま す。それから、第一基地の金属加工工場も手狭になってきましたので、増築しなければと 思っています」

「金山さんいかがですか」

「うーん、わしも考えとった。建部さんの考えの通りだ。それで建築予定を組んでくれ、 頼むわ」

「あとは造船場、化学工場、製鉄工場、レンガ工場、貨物船の突堤、水深は最低五メート ル。この整地をしなければならない。土木工事がいっぱいだ。ゆっくりしてられない。時 間はまだあるが。途中で現場から抜けて来たので帰ります」

金山のあとをつないだ清水が席を立った。

ここで、通信班長の塚本が入ってきた。

「先ほど通信船が到着しました。通信のやり取りをしていたので遅くなりました。貨物と 人材は要望したものだけです」

「では商店街用も含めて海岸沿いに降ろしてもらいましょう。塚本さん、その連絡を願い ます」

「承知しました」

白柳の要請に塚本が応じた。

ここで、宮城が話題を変えた。

「第一・二五〇〇年基地にはまだまだせねばならないことがあります。サラダ油の抽出と設備工場、製粉工場、精米工場、味噌・醤油工場、ガラス瓶工場、魚の缶詰工場、製紙工場、製鉄工場、農地開発、水利工事、道路工事、大学の建設と、数え上げるときりがありません、また順番を考えると頭が痛くなります。第二・二五〇〇年基地の建設にも、手を貸してあげなければなりません。金山さんいかがですか、なんの工場から始めますか」

「そうだな、精米工場、製粉工場は経験あるが、サラダ油は若いときにちょっとやっただけだから自信がない。やはり、鉄作り、ガラス作り、紙作りなどは、我々の故郷に無理を言わねばならん。無理なものは無理だ」

「いまのようなことになるだろうと、二五〇〇年後の地球にある大学の図書館に眠っている理科系の書物を一〇万冊ばかり取り寄せた。まだコンテナの中で眠っているよ。私が一番欲しいのは六〇〇年ほど前に発明された、豊田織機の分解図だ。図面に基づいて織機を作り、布を織る。製鉄にしても製紙工場を造るにしても、現代で使っているものを求めるのは無理だ。鉄も日本国が明治時代に西洋から輸入したものの技術を再現してはどうかな」

化学者の今中が提案した。

「今中先生、貴重なご意見ありがとうございます。一応は地球にいろいろなものを要請しますが、希望を満たしてもらえないこともあるでしょう。覚悟のうえです。第二・二五〇〇年基地の移住者の中に技術者が混じっていないか、金山さん調べてくれませんか」

「わかった、そうするよ」

宮城の要請に金山が応えた。

「田畑の造成もですが、この基地でいま一番急がなければならない作業はなんでしょう」

少し間を置いて、白柳が手をあげた。

「さまざまな問題点を洗い出し、この基地内で解決できるものとできないものとに分け、解決できるものは順位をつける。できないものは、地球の日本国になんらかの手段を講じるよう要望することが一番かと思います。それからもう一つ。第二・二五〇〇年基地の建設をどのように指導するのか。これも喫緊の大きな課題でしょう」

建設計画の建部がつづいて発言した。

「先日中州の測量図を見ていたのですが、二〇〇〇名の食料を生産するだけの面積がないと見ました。また大川沿いに堤防を築造する必要があります。コメの消費量は約六〇〇トンで一二〇ヘクタール、小麦五〇〇トンで一〇〇ヘクタール、これ以外の作物は馬鈴薯、葉物野菜、根菜、その他に田畑を一周する道路、農機具倉庫、建設機械倉庫、穀物倉庫などの土地が足りません」

白柳は、つぎのような提案をした。

「第一基地と第二基地の建設は別々に考えませんか。ただし、木製の橋を架橋するのはこっちでする。小学校は設計図のみ差し上げる、しばらくすると農業従事者および元防衛隊員も余ってくるので、その人たちを第一基地の開墾建設に振り分ける。第一基地の計画としては先ほど話をしたように順位をつけて、責任者がこれからしなければならない工程表を作るというのはどうでしょうか」

「それでは、私からも一言」

と、宮城がつづいた。

「先日商店街の商品を見て回っていたのですが、いまある手持ちの商品を販売してしまうと、売るものがなくなり開店休業になるのではないかと思いました。靴屋には売る靴が並んでいない、衣料品店には売る着替え、肌着、靴下、作業服がない。このような生活を考えるとぞっとします。この両基地に残された課題は多くあります。しかし手をこまねいていては、子孫が生き抜いていけません。つぎの通信船が来たら、厚かましいようですが必要なものは必要だと、要望したいと思います」

「私のところには第二基地の人を八名ばかり増やしたよ。私も商店街の雑貨店を見学して、どんなものが製作できるのか考えよう。となれば、工場も広げるか。独身寮の建て増しも必要だな。私のところだけでもこれだけのことをしなければならないのだ。全体を考えれば、膨大になるだろう」

この金山の発言を受けて、白柳がつづけた。

「いま、金山さんのところでも相当な実行計画が必要です。各班長さんは計画案には必要な人材の数、機材や資材、そして工期などを入れ込んだ計画書を作ってくれませんか」

そこへ塚本の部下が走ってきて、塚本の耳元でなにか囁いた。

塚本は頷くと、立ち上がって言った。

「皆さん、ただいま基地上空に宇宙通信船が来ています。前回通信船が来たとき要望した原材料、資材、機材を積んできたと思います。また第二基地からも要望しなければなりません。今夜にでも、今回なにを基地に送ってくれたのか通信内容を精査します」

「さて、夕食の時間に近くなりましたので、これでお開きにしましょう。各班長は、本日会議に出た今後の計画と工程を作ってください」

宮城の言葉で、第一・二五〇〇年基地幹部会が終わった。


塚本と白柳は、前回要望したリストと今回送られてきたリストを付き合わせ、物品名と数量をチェックしていた。

「塚本さん、今回は数量も物品名もほとんど要望通りですね。多少の多い少ないはありますが。それと、人員に技術専門家が入っています。化学プラント関係が三名、製紙プラント技術者、繊維製造技術者、ガラス製造技術者。それと要望をしなかった工業用ミシン、家庭用ミシンが一九台もありますね。発信機が一〇台と短波無線機もありますよ」

「発信機はまたなにかしらのミッションがあるのでしょうが、短波無線機は一般にいう『CQCQこちらは』という通信機です。よくそんな古い機械があったものですね。博物館から持ってきたのかな。おや、靴底用の接着材と諸々の道具、職人二名が混じっています」

「あとは、住まいの割り振りです。これは建部さんに相談しますか。ふー、そろそろ朝方ですね。少し眠っておきましょう」

と、一息ついてから、白柳が言った。

朝一〇時になると、いつも通りコンテナが降りてきた。家族用コンテナが先に降りて、荷物用のコンテナがつづいた。

「これで欲しいものの九〇パーセントはそろったな」

と、白柳はつぶやいた。

塚本はコンテナの番号を見て、それぞれ班長に指示して割り振っていた。

「これで欲しかった専門技術者もそろいましたね。あとは大学の建設、製紙工場、製鉄所、まだまだあるな。気は抜けませんね」

「そうですよ」

白柳は宮城の言葉に同調した。

第二・二五〇〇年基地建設

　昼過ぎに農業担当の岡田、田畑造成の清水、漁村指導の瀬戸内、土木水路担当の水田たちが第二基地にやってきた。待っていたのは、第二基地にいる組織管理長の五百旗頭ほか各班長たちであった。第一基地の者と第二の各担当者一〇名が車座になり、雑草の上に座った。

「見ての通り、まだうまく進んでいません。やっと鉄製架橋ができたところです」

　五百旗頭の説明を聞いた岡田が尋ねた。

「それで、つぎの予定ではなにをするのですか」

「いまはこの島の東端に井戸を掘り始めています」

「ほかには？」

　宮城がたたみかけるようにつづけた。

「何人でいつまで行うか。各班で予定表を作りなさいと言いましたね。それはどうなっているのですか。五百旗頭さんはそれを確認しましたか」

「それが、総班長からまだ出てきていないのです。なんとか手助け願えませんか」

「こんなことでは、非常用食料品として持ってきたものを食い潰せば、皆さん餓死してしまいますよ――。それでは明日からこちらの建部さんと白柳さんにしばらく常駐してもらいますので、いろいろ相談してやりましょう」

ここで金属加工の金山が口を挟んだ。

「わしが口出しするのはおこがましいが、コンテナ住居があっちこっちバラバラになっているが、これを四列に並べなければ水道管も引けない。二軒に一軒の割合で移動用のブースターが付いているから、これで整然と並べ直したらどうかね」

「私たちはそのブースターの使い方がわからないのです」

「そうか簡単なことじゃ。明日うちの若い者を三人連れてくるから、彼らに教えさせよう。午前中に終わる」

五百旗頭の訴えに、金山が手を差しのべた。


白柳は、昨日到着した専門家たちの居住場所がどうなったのか気になっていた。しかし、塚本はじめ、それぞれ技術班長が付いているから大丈夫と判断し、第二基地にやってきた。そこへ金山が部下を連れてやってきた。

「やー、おはよう」

金山が白柳に声をかけると、すぐに作業に入っていった。

「おーい、みんな集まれ。うちの人間といっしょにコンテナハウスの上に登れ」

金山の声が響いた。

白柳は第二基地の水田畑地造成班長を呼び止め、問題点を尋ねた。

「一つは造成予定地にあるたくさんの石ころです。それをどのようにして取り除くか思案しています。二つ目に土地が痩せていることです。チッソ、リン酸、カリウムなどの金肥はありますが、それだけでよい土地はできませんから」

「それでは石ころの問題ですが、第二基地の子供の手と主婦の手を借りましょう。そうするように私の方から五百旗頭さんに話しておきます」

白柳はすぐに五百旗頭たちに声をかけた。

「五百旗頭さんと総班長さん、集まってください」

「さきほど水田畑地造成班長からお聞きしましたが、金肥はあるが有機肥料がないということでした」

「その通りです」

「ではこうしましょう。基地内にある草花を刈り取り、田畑の中で燃やして灰をまきましょう。つぎに貝殻を細かく砕いて、田畑に入れてかき混ぜるのはどうでしょうか。三番目の有機肥料は動物の糞尿が一番よいのですが、第一基地にも動物を飼育していますがちょっとしか取れません。そこで、干鰯という魚を原料にした昔ながらの肥料を使うのです。二番目と三番目の肥料は、第二基地の漁業庁の方に協力してもらいましょう」

このようにして、白柳は夕刻まで時間をかけ次々と基地建設の項目について指導した。

オスプレイⅢ、国内移住予定地へ

白柳が庁舎に帰ると、塚本がメールのコピーを持ってきた。それは宇宙探査庁移住局長からだった。メールにはつぎのように書かれてあった。

『二五〇〇年基地の皆さんにはいつも無理ばかり申し上げます。実は、そちらにあるオスプレイⅢで国内の移住予定地に、今回送った発信機を設置してもらいたいのです。一カ所につき二〇〇〇名の移住を考えています。場所は大阪湾岸沿いの堺周辺、大阪河内長野周辺、名古屋濃尾平野周辺、関東平野、仙台平野、そして東京湾に近い平野周辺です。一カ所に一台ずつの設置とします』

白柳は塚本に尋ねた。

「塚本さん宇宙通信船が上空に滞在するのはいつまでですか」

「そうですね、あと五日はいます」

「『発信機設置のスケジュールは追ってお知らせします』と伝えてください」

「お安いご用です」

「その前に、キャプテンに相談しなくては」

白柳は飛行班のあるテント工場に向かった。

「こんにちは、添田キャプテン。先ほど宇宙探査庁から連絡がありまして、相談したいことがあります」

「また調査飛行の指令でも出ましたか」

と、飛行班長の添田が笑いながら言った。

「実は、そうなんですよ」

「ちょっと待ってください。いま整備班長も呼びますから」

五分ほどして、飛行班長にともなわれて整備班長が顔を見せた。

「やー、白柳さん、今度はどこに飛ぶんですか」

白柳は、二人に宇宙探査庁からのミッションを伝えた。

「機体は万全に整備されていますから、いつでも飛び立てる状態ですよ」

整備班長が自信満々に応えた。

「国内で六カ所ですか。天候次第ですが設置場所の調査を含めても四、五日というところですかね。明日の午前中までに詳しいフライトスケジュールをお送りします」

飛行班長の添田も余裕のある表情で語った、

「あーよかった、助かります。それではよろしくお願いします」

「それにしても白柳さんはよく動く人ですね、キャプテン」

「この基地に彼がいなかったらと思うと、ぞっとします」

「本当に……」

二人は急いで帰る白柳を眺めて、こんな言葉を交わしていた。

翌日の午後、添田飛行班長から飛行スケジュールを受け取った白柳は、通信班長の塚本がいる部屋を訪ねた。

「塚本さん、国内移住地への発信機設置のスケジュールを宇宙探査庁に送ってください。これです」

「明後日から五日間の工程ですね。すぐに連絡します」


それからちょうど二日後の午前七時、添田飛行班長をはじめとする八名の乗組員たちが、最初の設置場所である仙台平野へ向けて、二五〇〇年基地を飛び立っていった。

白柳はオスプレイⅢが視界から消えると、いっしょに見送っていた、宮城、建部、金山、福井の各班長に声をかけた。

「皆さん今日の午後お時間をいただけませんか。製紙工場、化学工場、繊維工場、ガラス工場、製鉄工場などの建築は、どのように考えておられるのかお聞きしたいのです」

「それでは、午後一時に庁舎の会議室でいかがでしょうか」

と、宮城が応じた。

会議室に宮城たちが顔をそろえると、白柳がすぐに口を開いた。

「工場建設では私も考えを持っていますので、最初に私から申し上げますね。まず、いままでのようにすべての建物を木材で造らなくてもよいのではないかと思います。ではなにを使うのかと言いますと、我々の故郷である地球から機材、資材を積んで送られてきた、空のコンテナがたくさんあります。これを建物の建築材料に使うという案です。積み上げて置いておくのは邪魔ですから、その撤去も兼ねて」

「それはいい考えだな。わしはこちらの手で第二基地との間に橋を架けると言ったのを聞いていたから、白柳さんと同じように空になったコンテナを利用できないかと思っていたのよ。今度の工場建築にも利用できる建物には利用すべきだな」

と、金山が賛成した。

「建部さん、この案件についてご意見をください」

宮城が求めた。

「そうですね、その手があることは知っています。倉庫などでしたらよいと思います。しかし製紙工場、化学工場、繊維織物、紡績工場、製鉄工場などになりますと、普通は機械装置に合わせてから建物を設計します。製鉄でも溶鉱炉を立ててやりますと、膨大な建築物になります。製鉄工場だと、どのような鉄を作るかによっていろいろ方法があります。大気炉、ロータリキルン、これが現在主流ですが、こちらに来られている技術者と相談します。また製紙工場にしても、どのような紙を製造するかによって、建物の大きさが違います。紡績工場と繊維織物とでは機械装置が全く別ですから。私はほかの技術者さんと議論しながら設計をするつもりです」

「いやー、余計ことを言いました。すべてお任せします。すみません、ちょっと塚本さんを呼んできます」

白柳はそう言って部屋を出た。

「すみません、塚本さん。ちょっと四つ先の部屋までお越し願えませんか。時間は取らせませんから」

塚本が宮城たちのところにやってきた。

「塚本さん、宇宙船の搭載貨物の中に製紙工場に使う機械部品、製鉄に使う機械部品などが入っていませんでしたか」

と、白柳が尋ねた。

「まだリストの隅々まで見ておりません。この前、第一・二五〇〇年基地に移住された技術者の皆さんに聞くのが早いと思います」

「なるほど、塚本さんは今回来てくれた宇宙船が出発するのは五日後と言っていましたね。それを七日後に変更できないかと思っていまして、そのことで建部さんにお願いがあります。建部さんが先日来られた技術者の方々と、工場建設について聞き取りをしていただいていますが、さらに必要な設備部品があれば、上空にいる宇宙船に要望を託すメールをするということではどうでしょうか」

「わかりました。明日一日かけて、技術者の方たちから聞き取りをしましょう。それを塚本さんに渡しましょう」

「了解しました。ここにリストがありますので、集合をかけますか」

建部が頷いたので、塚本は携帯通信機の電話をかけ始めた。五分もしないうちに全員と連絡を取った。

「それでは皆さん、お先に失礼します。瀬戸山さんと夕刻に会うようにしていますので」

「白柳さんも忙しい人ですね、少しもじっとしていない。それだけ基地建設に力を入れているということですけど」

と、宮城が言った。


白柳は瀬戸山のところへ来ていた。

「白柳さんがなんの用事で来たか、言わなくてもわかるよ。当てようか。畑に入れる貝殻の粉と干鰯のことだろう。干鰯は朝から掬いに行って、小型トラック二杯分干しているよ。貝殻の粉は、これもトラック二杯分できているよ。足りなくなったらまた作るから。第二基地さんに言っておきな」

白柳はもうなにも言えなかった。ありがとうと、頭を下げるばかりだった。

「瀬戸山さんそれでは失礼します」

「ゆっくりして行けと言っても、茶の一杯も飲まないからあの男は」

と、瀬戸山がつぶやいた。

白柳はまたすぐに軽トラックに乗り込み、第一基地と第二基地に架かる、鉄骨製架橋に急いだ。架橋を始めてから四日目だが、完成していた。軍隊は指示命令をすると早いものだなと感心しながら、そろそろと橋を渡った。第二基地では、六時近いのにまだブルドーザーやトラクターが動いていた。

様子を見ていた白柳のところに、農業班長がやってきた。

「班長、三日目にはあった畑一面の石ころがなくなっていますが、どう処理したのですか」

「子供も大人も総出で石ころすべて取り除きました。取り除いた石ころは、住宅の周囲に撒きました」

「なるほど。一つお伝えしますが、明日朝に土木建設班から小型トラックを借りて、漁業基地にある肥料、貝殻の粉、干鰯などを取りに行ってください。よい肥やしになりますから。それからもう一つ。二五〇〇年第二基地の牛、豚、ニワトリを飼っているところへ行って、動物の糞をもらってきてください。そこに岡田さんという人がいますから」

「はい、わかりました」

「それでは、お願いしますね」

「今日はいっぱい仕事をした感じだな。さあ、家に帰りましょう」

白柳はつぶやいた。

第一・二五〇〇年基地会議

宮城、建部、岡田、金山以下、それぞれの班長が顔をそろえた。

早速、宮城が今日の議題を説明した。

「さて皆さん、こうしてお集まりいただいたのは、今回新しく移住されて来られた方々をご紹介することと、今後どのような工場を建設するかを議論するためです。それでは、先にご紹介しましょう」

「まず、製紙技術製造班長の神山さんです」

「神山です。どうぞよろしくお願いします」

「こちらは、プラスチック類、化学繊維、化学薬品の製造技術者で班長の松尾さんです」

「松尾です」

「つぎに、製鉄製造技術班長の寺山さんです」

「寺山です。この基地で必要な鉄を製造する、小型のプラントは持ち込んできました」

「こちらが、ガラス容器、医薬機器の実験プラントを製造する班長の田辺さんです」

「田辺です。ガラスでできているものは、大体なんでも作れます」

「以上、四名の方々です。それでは早速始めましょう」

「では、私から。建築設計を担当している建部といいます。神山さんにお伺いしたいのですが、こちらに来られるとき、製紙に関する部材、部品でなにかお持ちになりましたか」

「そうですね、生活用紙、トイレットペーパー、ティッシュペーパー、コピー用紙、段ボール用紙です。高級用紙は必要ないと思いましたから。これだけでも、四レーンが必要です。あとはパルプ工業です。相当な高さと広いヤードが必要です」

「わかりました。それでは日時を改めて、個別に打ち合わせをお願います」

「結構です」

「化学班の松尾ですが、皆さんはなにを作ってほしいのでしょうか」

「合成繊維、プラスチックでできる家庭用品、水道管、排水管、ゴムなどです」

と、宮城が答えた。

「合成繊維で作るものはなんですか」

「衣料品です」

「この基地で金型を製作できる方はいらっしゃいますか」

「金属加工をしている金山です。うちの班は大概の金型を作れるな。押し出し成型、射出成型、だいたいできる。大丈夫だ」

「この基地にはナフサが五〇トンばかり地球から届いています」

と、宮城が情報を追加した。

「それは出発前に聞いています。それだけあれば当分の間、間に合うはずです。あと、あらかじめ申しておきますが、私は医薬品の原料化学品はできませんので」

「私は科学をやっている今中ですが、それは医薬品開発担当に指導しますから、大丈夫。実験プラントで間に合うでしょう」

「製鉄技術の寺山さん、地球からどのような装置を持ってきてくれましたか」

と、宮城が尋ねた。

「そうですね、一回に六トン程度の電気炉と一メートル圧延ローラーです。あとは小物ですね」

宮城はつづけた。

「ガラス製造技術の田辺さん、地球からまだなにか送ってほしい資材、機材はありますか」

「ソーダ灰と石灰が一〇トンずつあれば、二〇年くらいだったら持ちますすね。主原料の珪砂は海岸に行けばいくらでもありますから」

「ほかに足りないものはありませんか」

松尾、寺山、田辺、神山の全員が、「人手が足りない」と訴えた。

「それはこの基地内でなんとかなりますから大丈夫です」

「塚本さん今日の会議をまとめて、地球にメールを送ってください」

と、宮城が指示した。

「西の方面の水田、畑一〇〇ヘクタールの農家のことは、後日農業の岡田さんに相談すればいいか」

白柳は一人つぶやいていた。

「建部さん、一人ずつの打ち合わせは後日にされますか、それともこの場で引きつづき打ち合わせに入られますか」

「いや、図面を描かねばならないので、頭を切り替えて、明日からでも打ち合わせします」

宮城の問いかけに建部が応じた。

「皆さんはいかがですか」

「こちらはＯＫです」

四人の各班長も了承した。

「それでは今日はこれで終了とします」

宮城が会議終了の宣言をした。

第2章

西暦三年、
世界一周の旅

通信探査船来る

翌年、二五〇〇年基地に三度目の春が訪れたある日のこと、上空に見慣れない通信探査船が現れた。同時に、塚本に通信探査船から連絡が入った。

「三時間後に大型のオスプレイⅢを着地させる。前回送った発信機を一機、オスプレイⅢを降ろす場所に設置せよ。以上」

塚本は携帯通信機の電話で白柳に新しい通信探査船が上空に来ていることを告げ、船からの通信文を読み上げた。

「――以上です」

「塚本さん、飛行班長に連絡を取れますか」

「はい、取れます」

通信探査船から連絡のあった三時間後、変わった形の大きなコンテナが、発信機の近くに降りてきた。

「これは飛行機じゃないか」

がやがやと言っているうちに、今度は普通の大きさのコンテナの扉が開いて、四家族の人たちが降りてきた。

「皆さんこんにちは、ここが二五〇〇年基地ですか。やあ添田さん、福島です。あなたが二五〇〇年基地に行かれたことを聞きましたので、私もやってきました。よろしくお願いします」

予定外の機材と移住者で。白柳の頭は混乱していた。

そこへ、急ぎ足で宮城がやってきた。

「白柳さん、宇宙探査庁から送られてきたメールです。読んでみてください。

『二五〇〇年基地に連絡します。今回大型のオスプレイⅢを送った理由は三つあります。一つは二五〇〇年基地同士が物資のやり取りに使用するため。もう一つは、大型オスプレイⅢで世界一周をするためです。世界一周の目的は、世界中の気候を調査すること。日本から近いところで石油を探すこと。飛行中の記録を撮ること。最後に、アメリカ大陸ミシシッピ川河口に移住させた二〇〇〇名の実態を調査することです。どうか協力してください。　宇宙探査庁長官』

こういう内容です」

「宮城さんこれは大変な要請ですね。これだけ大きなミッションですから、飛行斑や整備班だけを派遣するには無理があります。アメリカ二五〇〇年基地とのやり取りも出てきますし、その役を私にさせてもらえませんか」

「うーん、白柳さんがこの基地を不在にするのは、はっきり言って私が困ります」

「おそらく二週間程度です。お願いします。それまでにやっておかなければならないことは、きっちりやっておきますから」

「まあ……、しぶしぶ承諾しましょう」

「宮城さん、ありがとうございます。早速仕事にかかりますので、これで失礼します」

宮城は苦悩の表情を浮かべながら、去って行く白柳を見送った。

白柳は、まず大型オスプレイⅢの飛行班長に会い、事の顚末を話すために小型トラックに乗った。

「添田班長は、世界一周飛行のことは知らないだろうな」

白柳はパイロットと整備班のいるテント工場に行った。

覗くとすぐに添田が声をかけてきた。

「やあ白柳さん、こんにちは。なにかお話があるのですか」

「はい、今日大きな飛行機と四家族が到着したことはご存じですね」

「この近くに到着しました。家族用コンテナもいっしょです」

「実はその後に、宇宙探査庁長官から大変な指令が届きました」

白柳は世界一周飛行に関するメールの内容を話した。

「ただ、期日はなにもありませんでした。添田さん、世界一周飛行をするとなると、どちらの飛行機になりますか」

「世界一周ともなれば飛行時間も距離も前回のアメリカ大陸とは比べものになりませんか

ら、大型オスプレイⅢです。安全性は同じですが速度が出ます。また、機材などの搭載量も段違いです。ただ、モーターとプロペラの取り付けとテスト飛行が必要で、これには七日間程度を要します。あとは必要な荷物を積み込むだけです」

「大型オスプレイⅢを使用するとなると、乗組員の人数はどれほどになりますか」

「正副パイロット四名と整備員三名、総員七名です」

「アメリカ二五〇〇年基地との交渉役兼記録係として私も加わります」

「はい、承知しました。それでは、出発は二週間後を目処に調整しましょう」

白柳は二週間でなにをすべきか、小型トラックを運転しながら考えた。

一番目、第二・二五〇〇年基地から第一・二五〇〇年基地の西端の農業集落へ、移住者を移動させること。

二番目、化学プラント工場、製紙工場、製鉄製造工場に配属する工場要員の件。

三番目、各工場の工場要員の配置の件。これは、宮城さんと建部さんに相談をする。

四番目、予備も含めて一カ月の食料をどこかから調達する。

五番目、飛行コースの確認。

つぎの日、白柳は金物工場に足を運んだ。入り口まで来ると、

「おーい、なんの用事だ。わしは忙しいのだ。用があるのなら早く言ってくれ」

と言いながら、金山が近づいてきた。

「お忙しいところを申し訳ないです。たいした用事ではないのですが、金山さんはコンテナを移動するときのブースターを開発されましたよね。そのブースターを利用して、この間第二・二五〇〇年基地に来た住宅用コンテナを、一〇キロ西側の農業集落に人間とも移動させたいのです。残りの機械倉庫や食料倉庫、その他諸々の設備は作ります」

「居住者全員とうちの手を使えば、移動するだけなら一日でできるな……。よっしゃ、日時が決まったら連絡しておいで」

「ありがとうございます。助かりました」

白柳は金山の快諾に感謝しながら、つぎの仕事に向かった。

「さてと、このことを宮城さん、建部さん、農業班長に了解を得ておかねば。庁舎に行けば、建部さんや宮城さんも、ひょっとしたらおられるだろうな」

白柳が宮城の部屋を覗くと、大工班長と岡田もいた。

「白柳さん、何事ですか」

と、宮城が尋ねた。

「いや、ちょっと相談がありまして。実は第二・二五〇〇年基地の二〇世帯分を、第一・二五〇〇年基地の一番東側に移動したいという話です」

「やっと落ち着いてきたというのに、どのような理由からですか」

「第二・二五〇〇年基地には約一八〇〇名の方がいます。しかし、いまのままの土地面積では全人口を養えるだけの食料が得られません。現在二〇世帯から三〇世帯が第一基地西端で田畑を造成していますので、一番東側の場所に農業集落として移動できないかと考えた次第です。この人たちの移動は、現在居住しているコンテナごと浮上、移動できるブースターで行えば、一日で完了します」

「それはいい考えだ。前々からいま造成中の田畑の農業者たちは、どこから移動すればよいか、思案中だったのだ。二〇世帯でも三〇世帯でもかまわない。居住用コンテナだけでは集落はできないから、倉庫、機械器具倉庫、集合場所などを建築しなければならないよ」

農業の岡田が発言した。

「わかりました。居住コンテナ以外の建築は、建部さんに計画してもらいます。ところで、製鉄工場、製紙工場、化学プラント工場、ガラス工場建設の人手は足りないのではないでしょうか」

「その心配はいりません。大きな建築物はほとんど完成に近いし、製材工もあまってくる。それにつづいて、電気工事も終了に近いし大丈夫です。白柳さん、それより世界一周飛行の準備をしなくては」

宮城が言った。

「ありがとうございます。そのようにさせてもらいます」

白柳はその後、テント製のオスプレイⅢの組み立て工場に、小型トラックで向かった。

テント内ではすでに作業は始まっており、モーターを取り付ける準備をしていた。

「添田さん、もう作業を始めているのですね。ちょっとお聞きしたいことがありまして」

「なんでしょうか」

「世界飛行用の食料調達について、宇宙庁から出発前になにか来ていませんか」

「それは確か、一〇名分の冷蔵保存食料が冷凍庫の中に入っていると聞いています。確認はしておりませんが」

調べてみると、機体の中央部位のところに、右辺に冷凍庫、左辺に冷蔵庫、両辺に一五〇リットルの飲料水が置かれていた。

「これだけ完璧にそろっているのならば、私の心配は余分なことだったな」

白柳は一人苦笑した。

大型オスプレイⅢ、試験飛行

大型オスプレイⅢの整備は、五日目の午前中に終了した。

「整備員、及びパイロットの皆さんが良く頑張ってくれました。午後から地上試験と計器の点検を行います。できれば浮揚テストも行いたいですね。さあ、お昼ご飯をごいっしょしてお話ししましょう」

　様子を見にきた白柳を添田飛行班長が誘った。

「わあ、一塩一夜干しの焼き鯖が一匹の菜か、こんなのは初めてだな」

　白柳がつぶやくと、耳にした整備班長が、

「贅沢かどうかは別として、毎日になるとうんざりしますよ。肉が食べたいのに」

と、嘆いた。

「整備はいまのところ完璧です。明朝三〇〇〇フィートの高さを距離往復約三〇〇マイルで飛行テストをしまして、帰ってきたら、モーター、プロペラ、機体の整備を行います。白柳さん、よろしければお付き合いしてくれませんか」

「もちろんですよ。喜んで乗せていただきます」

　白柳は予期しない添田からの提案に、顔をほころばせながら言った。


　翌日の午前一〇時、白柳は大型オスプレイⅢに乗り込んだ。

「白柳さんは私の後ろに席を取ってください」

　白柳にとって大型オスプレイⅢの飛行は初めてで、驚くことばかりであった。地上を走る高級車より振動も揺れも感じなかった。

　しばらくして、添田キャプテンが「Ｙｏｕ　ｈａｖｅ（ユー　ハブ）」と言い、副操縦士がそれを受けて「Ｉ　ｈａｖｅ（アイハブ）」と応え、副操縦士に操縦が任された。

「白柳さん、朝からなにか探しものをしていたのですか」

手の空いたキャプテンが尋ねた。

「今度の飛行計画の中に入っている、宇宙船を誘導するために地上にセッティングする発信機を探していたんです。結局、コンテナの中に眠っていました」

その後、添田と副操縦士とで、白柳には全く理解できない会話がつづき、二時間ほどの飛行を終え、大型オスプレイⅢは二五〇〇年基地に帰り着いた。

「今日は目視点検でよい。明日は一〇〇〇マイル以上を飛行し、高度も二万フィートまで上昇する。その後、点検整備をするように」

帰還した大型オスプレイⅢを前にして、整備班長が整備員に指示した。

最終点検飛行

白柳は、今日も同乗させてもらうつもりでカメラ、双眼鏡、ＩＣレコーダーを持って、朝八時半に大型オスプレイⅢの前に到着した。すでに搭乗員全員がそろっていた。

添田キャプテンと整備班長がなにやら説明をしているが、専門用語ばかりで白柳にはさっぱり理解できなかった。

「それでは一五分後に出発する。帰還予定は一二時とする。では全員搭乗せよ」

と、キャプテンが言った。

離陸するという声が聞こえたあと、エレベーターに乗っているような感じがしたと思ったら、急に体がシートに押し付けられた。

飛行が安定したときシートベルトを外し、双眼鏡を取り出し窓から見渡した。そしてカメラを取り出し、何度もシャッターを切った。さらに、望遠レンズを次々と交換して、カメラ機器のテストを行った。

白柳は時間の経過を忘れていた。気がつくと淡路島の上空であった。高度を二万フィートに上げる。スピード三〇〇ノット、名古屋上空まで維持する。いつの間にか、飛行時間は九〇分を経過していた。

ここから岐阜上空を通過、日本海に向かう。高度二万五〇〇〇フィート、スピード三〇〇ノットを維持。白柳は窓に顔をくっ付けて外を観察していた。若狭湾を抜けると真っ青な海が広がっていた。二五〇〇年前の海の色と青い空が広がっていた。

添田が言葉を発した。

「いまから二五〇〇年基地に戻る。整備班長、左側のモーター温度がわずかに上がっています。右側のプロペラがときどき振動を発します。基地に戻ったら直ちに整備点検をしてください」

「了解しました」

添田がつづけて言った。

「いまから気圧テストを行う。酸素の用意を」

すると目の前に酸素吸入器が下りてきた。そんなテストを繰り返しているうちに二五〇〇年基地に着陸した。

大型オスプレイⅢが基地に着陸すると、キャプテンはモーター内部と各部品の温度を調べるよう整備班長に指示した。整備員は食事抜きで整備を急いだ。


そこへ塚本氏が急いでやってきた。

「白柳さん、いま上空に宇宙観測船が到着しています。

連絡事項は、『本観測船は大型オスプレイⅢの世界一周飛行のサポートをするために派遣した。観測船は常に大型オスプレイⅢの上空一五〇キロメートルにある。常に調査船と連絡可能とするため、宇宙探査庁からそちらへ送った発信機のアンテナを、大型オスプレイⅢのどこかに取り付けてもらいたい。また、調査船と常に連絡を取れる乗組員の用意を願う』」

「キャプテンに相談しないと」

白柳と塚本が急ぎ足で大型オスプレイⅢの整備工場まで行くと、整備士たちは機体のあちらこちらに集まって作業をつづけていた。キャプテンの所在を聞くと、食事に行ったという。

白柳たちは食堂まで小走りで向かった。添田が白柳を見つけて声をかけた。

「白柳さんなにか慌てているようだが、急ぎの用事ですか。食事のあとでいいですか。お二人ともまだだったら、一緒にどうですか」

白柳たちは食事に加わった。

「さて白柳さん、どのようなご用件ですか」

ころ合いを見て、添田飛行班長が尋ねた。

「詳しくは塚本さんから説明してもらいます」

「実は今日の午前中に、地上一五〇キロの宇宙観測船から、このような連絡がありました。ご覧になってください」

添田はその文面に目を通すと、

「ほう、それはありがたい話ですね。あの大型オスプレイⅢに搭載されているハイブリッド式の衛星航法システムは、現在は信用できない。確かなのは、従来の方向指示器とレーダーだけで、飛行中にどれだけ風に流されたのかがわからない。したがってオスプレイⅢの現在地の緯度、経度もわからない。宇宙探査庁もそれがわかっているから、こんなおしゃれなことをしてくれたのだな」

と、少し皮肉っぽい笑みを白柳に向けた。

「整備班長さん、今度搭乗する整備員の中に、パソコンを十分に使いこなせる方がおられますか」

「それだったら私に任せてください。自慢じゃないが、趣味はパソコンですから」

「通信用に使っているパソコンは色々な付属品が付いていますので、少し時間を割いて通信の練習をしていただけますか。私が使っているパソコンを使用してもらいます。今日は整備点検がおありでしょうから、明日の午前中いっぱい時間をください」

「大丈夫です」

整備班長は大きく頷いて言った。

「キャプテン、地球一周飛行のルートは決めておられますか」

「いや、まだです」

「私の役目は、飛行途中にカメラの映像と音声で地上を記録することになっています。それと、油の湧き出ているところを探す役目もあります」

「なんのための油ですか」

「二五〇〇年基地で暮らす人たちの生活用品を作る原料を確保するためです。日本で油は出ませんから、どうしても探さなければならないのです」

「大変な使命ですね。それで油のある場所の当てはあるのですか」

「古い文献を調べたのですが、イギリスとオランダがアジアで見つけたそうです。その辺を調査しようと思います」

「インドネシア領の近くにバレンバンというところがあります。発見したのはイギリス人で、その人が後に、『ＢＲＩＴＩＳＨ ＰＥＴＲＯＬＥＵＭ』という会社を興し、製油所を建設しました。第二次世界大戦のとき、油が欲しい日本軍がここを占領した歴史があります。

また、インドネシアは一九四五年までオランダの植民地でした。オランダも早くから、インドネシアで石油を見つけ製油所を持っていました。その会社が現在も残っている、ロイヤルダッチシェルという会社です」

「白柳さんは大変なもの知りですね」

「いいえ、ただ古い文献を調べただけですよ」

「白柳さんは、すでに世界一周飛行のコースが頭の中にあるのですか」

「漠然とした計画はありますが、まだ地図に落とし込んだものはありません」

「それでは私も地図の上に概略のコースを入れて、白柳さんと話し合いましょう。今日の夕刻五時ごろでいいですか」

「それで結構です」

白柳はそのあと、通信用に使うアンテナのセットなどの確認に時間を費やし、四時半ごろテント整備工場へ入って事務所兼会議室でぼんやりとしていた。

するど、「白柳さんコーヒーはどうですか」と言って、一人の整備員が入ってきた。

「いやー、ここ一年ほど、飲んだことありませんよ」

白柳は忘れていた味を思い出し、世の中にこんな美味いものがあったのだなと、大げさに感動していた。

そこへ、塚本と一緒に整備班長が帰ってきて、

「待て、待て、わしを忘れたら世界一周飛行ができないぞ。わしにも一杯ご馳走してくれ」

整備班長はそう言って、笑いを誘った。

「整備班長、もう予定の作業はすべて終わりましたか」

「大丈夫です。問題もなく終わりました」

「それでは、これから白柳さんと世界一周飛行のコースを決める。みんなも聞いて気づいたことがあったら、言ってくれ」

添田が世界地図を広げると、そこには飛行コースが描かれていた。

「私のは、ざっとこんな計画です。大まかなところは、キャプテンと一緒ですね」

添田は地図の上にあとで消えるフェルトペンで、白柳の構想を書き入れていった。インドネシア領のパレンバン、メダン、インド中央高原、デリー、アラビア半島チグリス川周辺、ローマ帝国後、エジプトピラミッド、アフリカ縦断後ホーン岬、この後、大西洋を横

断してアメリカ大陸のミシシッピ川河口へとつづき、日本に帰還。白柳は一気に印を書き入れた。

「私の計画と大きくは違わないですね」

添田が言った。

「ミシシッピ川河口には日本人二〇〇〇名が、二五〇〇年基地アメリカとして九カ月前に移住をしています。そこで、どのような基地を築いているのか、とても気になるのです」

「私もぜひその基地を訪問したいですね。アフリカ大陸縦断はどのような目的で？」

「それは二五〇〇年前の気象関係を知りたいのです。インド大陸中央高原の飛行も同じ目的です」

「細かい飛行計画は白柳さんにお任せします。その都度指示してください」

「了解しました」

「全員に連絡する。明日朝二五〇〇年基地を出発する。朝鮮半島の東側を中国大陸まで進み、台湾を上空から観察して上海あたりまで飛行する予定。以上、解散」

と、添田飛行班長は乗組員たちに伝えた。

「白柳さんこれからどうされますか」

「この地図を持ち帰り、書けるところまで完成させます。明朝このテーブルに置いておきます」

「あまり無理をしないでください。それでは私はこれで失礼させてもらいます」

添田は足早に去って行った。

白柳も帰る準備を始めた。帰って二時間程度で概ね完成するだろうと思いつつ……。

世界一周飛行へGO!

白柳は朝九時にテント会議室に出向いた。大勢の見送り者に交じって、白柳の家族も全員来ていた。その中で、ドクター梶山が大きなカバンを下げて立っていた。

「梶山さん、お見送りありがとうございます」

「毒虫、毒蛇、毒性の植物、なにに遭遇するかわからんから、中和剤、血清剤などを入れておいたよ。これを持っていきな」

「これはありがとうございます」

このとき、乗組員に搭乗を促す添田の声が聞こえてきた。

「みんな、大型オスプレイⅢに乗り込んでくれ」

添田飛行班長を見ると、白柳が昨夜一二時までかかって作った地図の計画書を右手に持っていた。それを確認して白柳はほっとした。

パイロット四名、整備員三名、プラス白柳とで、計八名の世界一周飛行であった。

大型オスプレイⅢが浮上を始めたのがちょうど九時。ぐんぐん上昇して三〇メートルまで来たとき水平飛行に入り、二五〇〇年基地の上空を回り始めた。窓から見ると、基地の人たちが空を仰いで手を振っていた。

「二五〇〇年基地とは結構広いものですね。まだまだ開墾するところがあります」

と、整備班長が白柳に言った。

大型オスプレイⅢは、二五〇〇年基地を二回りすると北に向かった。真っすぐ飛び始め、高度もぐんぐんと上がった。大型オスプレイⅢの飛行が安定すると、パイロット席の添田飛行班長の「Ｙｏｕ　ｈａｖｅ（ユー　ハブ）」と言う声が聞こえたかと思うと、添田飛行班長が話しかけてきた。

「白柳さん、東側の下を見てください」

窓の下を覗くと、朝鮮半島が見えている。

「平地が少なく雑木林が多い。山の稜線は岩山か。大きな河川はないな」

白柳がつぶやいていると、また添田から声がかかった。

「白柳さん、海岸近くを双眼鏡で見てください。人の気配とか漁師船はないですか」

「あ、なにか動くものが見えます。人間ではないですね。羊か山羊です。ただ、海岸の周囲にはなにもありません」

白柳の報告を聞いて、添田は機首を東に転じ、台湾の上空へ向かった。台湾に到達するまでは、中国本土の海岸沿いを飛んだ。

「中国の海岸沿いには人がいる形跡はないですね。だから中国人は、大陸人と呼ぶわけだな」

白柳は、双眼鏡越しの景色を見て妙に納得した。

「もうすぐ台湾に近づく。その対岸を飛行している」

整備班長が添田に報告した。

「了解した。南に転ずる」

台湾島に近づくと、中国大陸の沿岸部とは違い、見渡すかぎりジャングルの風景を見せてくれた。ただし、海岸沿いにはヤシの木が生え、密林の様相を呈していたが、反対に南側は切り立った断崖絶壁が多く、平らな場所はないに等しかった。

「白柳さん満足しましたか。記録は取れましたか」

と、添田が声をかけた。

「大丈夫です。ここだったら、二カ所程度なら二五〇〇年基地を作れそうです」

「えっ、今回はそんな調査をするための飛行ではないですよね」

「すみません、冗談でした」

「これから上海に向かう。長江の大きな河口が見えてくるからすぐ発見できる。北に向かって転進、以上」

と、添田が宣言した。

一時間ほど飛行すると、銀色に光る大きな河口が見えてきた。まるで無限につづくような景色だ。

「これが長江か、故郷の川なんかはこれに比べると、小川よりもっと小さく見える。世界は広いな」

白柳はそう感心しながら、カメラのシャッターを切った。

大型オスプレイⅢは少しずつ高度を落としていった。気がつくと海岸から五〇メートル離れた小川の側であった。白柳は窓から見渡しながら、ここが中国大陸かと感心していた。

「全員に聞く。みんな窓から外を見ていたな。煙の一筋二筋でも見えなかったか」

「三キロくらい離れたところに、二筋は見えました」

と、乗組員の一人が返答した。

「つまり、人間がいるということだな。方角は」

「はい、東北東の方角です」

「よし、ここでテントを張り、機体の点検後、食事をして野営をする」

と、添田はすぐに決断した。

機体のすぐ横に幅三メートル、縦一〇メートルのテントを張り、炊事道具を降ろした。

点検を終えると、添田が食事の前に、

「コーヒーを一杯飲ませてほしい」

と言って、自分で準備を始めた。

「私が淹れますから、そこで座って待っていてください」

白柳はてきぱきと作業し、添田の前にコーヒーを置いた。

その後、全員でお湯を沸かし、レトルトカレーを湯に入れる。ご飯もお湯につけると、簡単な夕食ができ上がった。皆二人前ずつ食べると、お湯を沸かしコーヒーを飲んだ。

時刻は現地時間で一八時を過ぎていた。

「今日はちょっと疲れたな。明日は早いし、きついぞ。パレンバンを探しながら飛行するから。みんな早目に寝よう」

と、添田はみんなを促し、寝袋に入った。


「起床、朝だ、みんな起きろ」

翌朝、現地時間の六時に添田飛行班長の声が飛んだ。簡単な朝食を終えると、整備班長に指令を出した。

「上空の通信衛星に連絡し、『これからインドネシアのパレンバンに直行する。方位と飛行距離を示せ』と伝えてください」

すぐに通信衛星より返答があった。

「方位西南西、約二七六〇マイル、途中二〇〇〇マイルに雨雲が発生中、高度一万五〇〇〇フィートまで上昇せよ。以上です」

「了解した」

各計器の点検後、現地時間の午前八時に、大型オスプレイⅢはエレベーターのようにすーっと上昇したあと、前進飛行を始めた。

「Ｙｏｕ ｈａｖｅ（ユー ハブ）、みんな楽にしてくれ、ほとんど海ばかりだ。昼飯はビーフシチューがいいな。当番頼むよ」

という、添田のリラックスした声が聞こえた。

白柳も、海上飛行ではなにもすることがないので、昨日の記録を検討することにした。いつの間にか眠っていたらしい。突然、揺れ始めた、外を見ると雲の中であった。

「Ｉ ｈａｖｅ（アイ ハブ）、二万フィートまで上昇する。方位確認、レーザー確認、方位確認した。レーザー異常なし」

すぐに、添田のアナウンスが入った。

「雨雲空域通過、高度一万フィートにする。方位確認。あと二時間でパレンバン近くに到着する」

添田の声を聞いた白柳は、いつでも大型オスプレイⅢから降りられるように準備を始めた。

「一〇分にはパレンバンの上空」

添田のアナウンスを受けて白柳が言った。

「キャプテン、石油の湧き出ている地点を探しますので、高度一五〇〇メートルまで下げられませんか」

「了解」

「皆さん、窓から外を見てください。小さな、黒い池、または銀色に光る池が見えないか目を凝らしてください」

白柳の言葉に、パイロットも含め乗組員全員が窓側に顔をくっつけて外を見た。機体は高度一五〇〇メートルでゆっくり旋回した。

白柳は「もっと機体の高度を下げることは無理かな」と思いつつ、窓から地上を見た。

「キャプテン、もっと高度を下げられませんか」

「どこまで下げてほしいですか。この機体は地上五メートルまで下げられますよ。ただし、周囲になにもなく、無風であることが条件ですが」。

「できましたら、まず地上一〇〇メートルまでお願いします」

「了解」

白柳は窓から窓へ飛び回って外を観察した。どうも東一〇〇メートルあたりが怪しい。

「キャプテン、私を機体後部から吊り下げてもらえませんか。黒く見える小さな池の上に、油が浮き上がっているように見えるのです。その液体をすくい上げて、機内に持ち込みたいのです。これが成功すれば、今回の世界一周飛行の半分以上の目的は達成します」

「白柳さん、二時間ほどで日が暮れますから、その作業は明日の朝にしましょう」

「そうですね、了解です」

「ここから四〇キロほど東側の海岸沿いに大きな砂地がありましたから、これから着陸地点を目指します」

「わかりました」

それから一〇分ほどで、大型オスプレイⅢは野球場二面ほどの砂地に着陸した。

「機体の点検が終わったら、テントを組み立てて寝所を作る組と、食事の準備をする組とに分かれて作業をしてくれ」

すぐに添田飛行班長が指示を出した。

夕食後、白柳は用意した石油採取用のキットをみんなの前に披露した。

「白柳さん、この装置で石油をくみ取るのですか」

と、添田が興味深そうに聞いてきた。

「はい、金山さん考案の石油採取キットです。このふた付きの金属缶は一五リットル入ります。これが三つ。そして、これはアルミニウムでできたパイプで、内径三〇ミリ、長さが二メートルあります。このパイプ三本をジョイントでつなげます。最後にこのU字型のパイプをジョイントでつないで完成。このU字パイプに先ほどの缶を掛けて採取するというわけです。三缶用意しましたが、二個で十分でしょう」

「なるほど。でも白柳さん、命がけですよ」

「大丈夫です。決して無茶はしませんから」

翌日、現地時間の朝八時、白柳は降下用具で機体後部から吊り下げられていた。大型オスプレイⅢは油面から五メートルのところまで下げられている。白柳は「どうか上手くいきますように」と一言つぶやいてから作業にかかった。

「パイプをつないで降ろしてくださーい」

「私の体を、あと二メートル降ろしてくださーい」

白柳の体は、もう少しで油らしき水面に足が着きそうである。白柳は油面の中にパイプをそろそろと挿入した。先端に取り付けられた缶が全部入ったとき、上に向かって叫んだ。

「缶をつり上げるロープを降ろしてくださーい」

白柳はU字型のフックから油の入った缶をロープに取り付けた。

「おーい、缶を上げてくださーい」

缶はゆっくりと上がっていった。二缶目も同じように成功した。

無事作業が終了し、白柳は機内に引き上げられた。

「ありがとうございます。皆さんのおかげで成功しました」

そう言って乗組員の労をねぎらった。

白柳は、後部ドアに付いているミニクレーンを収納し、ドアが閉まるのを見とどけると、機長席の後ろから、添田に感謝の意を伝えた。

すると添田は「Ｙｏｕ　ｈａｖｅ（ユー　ハブ）」と言って操縦桿から手を離し、

「白柳さん、一発で当てるとはすごいですね」

と言って、白柳を賞賛した。

「なにか情報があったのですか」

「話は長くなりますので、今日の夕食のときにでもお話ししたいと思います」

「それは楽しみですね」

添田はそう言うと、小さく微笑んだ。

「整備班長、上空の通信衛星に『これからインド大陸のデカン高原の平地のあるところに案内してほしい』と通信を願います」

「はい、了解」

大型オスプレイⅢは西北西に向けて飛び立った。途中、交替で昼食を取った。缶詰のビーフシチューに温めた冷凍パンは、白柳に言わせるとなかなかに美味しかったようだ。最後にコーヒーのサービスまであった。

出発から七時間後、現地時間で午後の一六時三〇分にデカン高原の中央あたりに到着した。

「整備班長、着陸したら両方のモーターカバーを取って、温度、匂い、プロペラとのボルトを見てください」

添田飛行班長の指示が飛んだ。

三〇分後には、整備班長が外部点検終了を報告し、パイロットも三〇〇以上ある計器の点検を終了した。

点検後、添田飛行班長が白柳のところへやってきた。

「白柳さん、明日はガンジス川の周辺を見る予定ですね」

「はい、ガンジス川を遡ってみたいのです」

「人間がかなり住んでいると思いますので、そうなるとあまり低くは飛べません」

「それで結構です。空から観察して、またこのあたりに帰ってきたいと思います」

「わかりました。それはそうと、夕食のときにすぐに石油を発見できた秘密を教えてくださいね」

「ははは、後ほどお話しします」

白柳は笑いながら言った。

手分けをして食事の準備をしているところへ、ワインを手にした白柳がやってきた。

「油の発見が上手くいったらみんなに振る舞ってくれと、二五〇〇年基地の宮城さんが、移住局長から密かにプレゼントされたワイン二本のうちの一本をよこしたのです。コップ一杯ずつしかありませんが、みんなでいただきましょう」

「おーっ」という、歓声が上がった。

アルコール付きの夕食が終わるころ、添田が白柳に尋ねた。

「白柳さん、そろそろ一発で油田を見つけた経緯を教えてもらいましょう」

「実は、たいしたことはありません。私は第二次世界大戦の戦記ものが好きで、防衛省にあった『二次大戦、日本軍の足跡』という一連の書物を借りました。六〇〇年も前の歴史書ですから、気前よく貸してくれました。一九四二年、日本はアメリカと戦争を始めました。日本は油、くず鉄、そのほかいろんな食料を輸入していましたが、一九四〇年ごろから油の輸入が止まってしまったのです。国は慌てました。しかし、国は東南アジアに多くの資源のあることを知っていましたから、軍隊を派遣しシンガポールに基地を築き上げました。シンガポールからは、イギリスの製油基地がすぐ近くでした。その場所はパレンバンというところでした。一気に制圧しなければならないので、日本軍は落下傘部隊を降下させたのです。この部隊は、のちに『空の神兵さん』と持てはやされたといいます。こんな話を知っていましたから、飛行コースに加えてもらいました」

「なるほど、白柳さんは博学ですね。明日、私もとても楽しみにしています」

と、添田が言った。

ガンジス川を行く

「さてガンジス川とやらを見に行こう」

翌日、現地時間の七時三〇分、添田の力強い声が機内に響いた。

空から見ていると、インドが自分の想像していたのとまったく違うことに、白柳は驚いた。「茫々たる土漠」、アフガニスタンのようなところだと思っていたのだ。山あり谷あり。草原も結構多い。なんの樹木かはわからないが、林もたくさん目についた。とにかく広い、日本の国土面積の九倍はあるのだから、感心することばかりだ。人類は食物が取れる土地と水があれば、二五〇〇年後には、ここの人口は一四億人にもなるのだ。

そんなことを考えながらカメラのシャッターを切っていた。

「白柳さん。畑地が見えてきました。小麦かトウモロコシかわかりませんが、まちがいなく人間の手が入っています。北北西の方向を見てください」

添田から報告があり、白柳は双眼鏡を覗いた。

「やっぱり人間が植えた作物だ。もう少し降下できませんか」

「三〇〇〇フィートまで降りよう」

白柳には、人間が住む小さな建物が確認できた。

「みんなばらばら、固まっていないな」

正面に見える小屋から、小さな人間が見えた。

「子供だな。こっちを見ている。かなり遠方にきらきら光る帯状のものが見えるが、あれがガンジス川だろうか」

白柳は夢中で下を見ていた。

大型オスプレイⅢは川の中ほどまで行き、西に向かった。

多くの人間が泳いでいる。子供ばかりではない、大人も水浴びをしている。女性か男性かわからないが、体に布状のものを巻き付けている。かなり文明が発達しているのが見て取れた。あとでわかったことだが、現在の地図で見てみるとデリーであった。川沿いに小さい住居のようなものが建ち並び、市場のようなものが見えた。

「喉が渇いたな。朝から水の一杯も飲んでない。缶ジュースをいただくとしよう。美味い！　これがビールだったら天国に行ってもいいのに」

デカン高原に戻る途中、冷えたジュースを飲んだ整備班長が、みんなを笑わせた。

「下を見ろ、作物が植えてある」

添田の言葉に窓を覗くと、真ん中に小川のような水路あり、作物が整然と並んでいた。

「これは米だ！」

と、白柳が思わず叫んだ。

「インドではもう米を生産しているのか。望遠カメラで記録しておこう。あ、これは小麦だ。斜面になっているところは小麦を栽培しているのか。すばらしい光景だ」

白柳はうなった。小麦畑のつぎは急斜面で、小屋住居も途切れた。

綿摘み

その後、白柳は窓から外を眺めたり、カメラのシャッターを切ったりしていた。すると、気になる点が出てきた。それは、住宅や農業用の小屋などを見かけなくなってから、ところどころに白い花が群生しているのだ。高さは一二〇センチ程度。

「詳しく調べてみよう。キャプテン、少し質問よろしいですか」

「どうぞ」

「ガンジス川からどれほどの距離を飛びましたか」

「二〇〇マイル少々だから、三二〇キロぐらいですね。なにか気になることでもあるのですか」

「はい、左右前方の地上に白い花が群生しているのが見えます。なんの花だろうと気になっているのです。それと今夜泊まるところの近くにも白い花の群生が見えるかなと」

「整備班長、現在の飛行方位で間違いないか、宇宙観測器に問い合わせてください」

「ＯＫ、方位間違いなしとのことです」

それから三〇分ほどしてデカン高原に着陸した。

白柳はすぐにビニール服を持って群生している白い花を捜しに出た。小高い丘に登り見渡すと、群生箇所が四カ所見えた。

「あった！」

そう言って、一番近いところを目指し走った。

「これは綿花か？」

一つ花を取りしげしげと観察した。間違いない。二五〇〇年基地で栽培されている綿花と比べると、綿花の大きさが倍ほどもある。おまけに艶があって綿毛が長い。蚕の糸に似ている。

「種を日本に持って帰りたい」

白柳は興奮を抑えられなかった。

気がつくと一五時を回っていた。

「白柳さん、どこへ行っていたのですか」

皆が口々に聞いてきた。

「実は白い花の正体を突き止めに行ってきたのです」

「わかったのですね」

添田が興味深げに言った。

「はい、白い花は綿花でした。二五〇〇年基地でも細々と作られているのですが、これと比べると、半分ほどの大きさでしかありません。私は花よりこの下に付いている種が欲しいのです。もちろん綿花も欲しいですが」

「よし、みんな白柳さんと同じ袋を持って、綿花を摘んで二時間で帰ってくることにする。すぐに出発だ」

白柳も袋を持って、綿花摘みに行った。

摘み始め三〇分もすると、みんなの袋はパンパンになった。

「よーしやめ。引き上げるぞ」

添田飛行班長が終了の声をかけた。

帰ると、ちょうど二時間が経っていた。

「こんなにあると、キャビンの中が満杯になります。どうしたものでしょうか」

白柳が整備班長に相談した。

「白柳さん任せてください。掃除機で吸い込めば一発です。誰か持ってきなさい」

整備班長は手にした掃除機を使い、圧縮袋の空気を吸い出す要領で綿花の入った袋の空気抜いていった。袋は見る見るうちに五分の一の大きさになった。

「料理長、ちょっと遅くなったから夕飯は簡単なものだな」

添田飛行班長が言った。

「大丈夫です。腕によりをかけて、短時間で旨い物を作りますから」

「おーい、飯ができた。みんな集まれー」

三〇分後、料理長の声が高らかに響いた。

チグリス川に向かう

「白柳さんに世界地図に希望する飛行予定を書き入れてくださいと言って、地図をもらいましたね。検討した結果、白柳さんの計画では、設計滞空時間、飛行時間がかなりオーバーするのです。そこで考えたのですが、サウジアラビアの砂漠、クウェートからチグリス川を遡り、エジプトのピラミッド群を拝見したら、砂漠でもどこでも着陸して、C整備を一日かけて行うというのはいかがでしょうか。そこからのコースはC整備が終わった時点で話します」

「それで結構です」

白柳は、添田の考えに同意した。

「ただいま現地時間の四時〇分。すぐに出発する。皆キャビンに入れ。これからインド洋を飛ぶ。どこを見ても海ばかりだから、みんな寝ておけ。しかも海のつぎは砂漠だ。今日の飛行は一番面白くないから覚悟しておくように」

「私も眠りましょう」

白柳はそう言って座席の背を倒して目をつむると、すぐに寝息を立て始めた。

九時を過ぎると、皆がごそごそと起き始めた。大型オスプレイⅢの操縦は添田飛行班長から副操縦士に替わっていた。

「みんな目を覚ませ。誰もが腹が空いてきた。機内食を準備せよ」

そのとき突然、副操縦士が叫んだ。

「前方に砂嵐のようなものが！」

「上昇、上昇、二万フィートまで上昇。右に反転してペルシャ湾上空を飛行せよ」

間をおかず、添田が命令した。

「二時間ほどでクウェート上空です。白柳さん自分の仕事の準備をしてください」

難なく砂嵐を回避した添田が白柳に言った。

「了解しました」

白柳は望遠カメラ、広角レンズ、双眼鏡、録音機などをセットした。

添田飛行班長は操縦を副操縦士に任せて、白柳の座席にやってきた。

「クウェートではなにが起きるのですか」

「クウェートの北側に、世界四大文明の一つメソポタミア文明の発生地であるチグリス・ユーフラテス川がありますね。もうすぐ下に見えてくるのがその川の一つ、チグリス川です。遺跡はなにも残っていませんが、いまどのようになっているのか、興味深いのです。つぎにピラミッド群の上空観察です。エジプト文明も紀元前二世紀で終わっていますが、私の推測ではまだ人がたくさんいます。現在でも一億人の人口です」

「おっ、見えてきた。別になにもないですね。川の両岸に伸びるのは畑か水路かな。細い小川のようなものが、大きな川に直角に流れていますね。この小川は人工の農業用水路でしょうか。小さな住居らしいものがいっぱい建っています。やはり水のある地域には人が集まるのですね。市場のようなものがありますよ。人が集まっています。物々交換ですかね」

添田が下を見ながら白柳に言った。

白柳も食い入るように見ていた。ほかの乗組員もまた、目をこらして下を眺めていた。

「キャプテン、チグリス川の見学もそろそろ終わりです。皆さんも終わりですよ。つぎの珍しいところを見に行きましょう」

「つぎのピラミッドまでは、ここから三時間ぐらいだ。方向転換。操縦は副操縦士に任せしておこう」

「白柳さん、イタリアの上空までは一回の飛行時間ではオーバーするので私が断ったとき、あっさり諦めましたが、なぜですか」

「あれは、私の興味から見学したかっただけだからです」

「それは、どのようなところですか」

「西暦七九年のことと言われているのですが、イタリアのヴェスヴィオ火山が大爆発を起こしまして、火山の近くにあったポンペイ市街地が一瞬のうちに灰に埋まったことがあったのです。この悲劇は後に映画にもなりました。その火山爆発以前の街の姿が見られると思った次第で。まったく個人的な興味からです」

「ほー、それは私も見たかったですな」

「白柳さん、そろそろエジプトが見えてくるころですよ」

「ピラミッドだ！」

「どこだ」

「一〇時の方向です」

という、乗組員の声が聞こえた。

白柳がその方向を見ると、ピラミッド群が現れた。

「なんとまあ、たくさんあるものですね。大きなものから小さなもの、動物の形をしたものもある。キャプテン、もっと近づいてもらえますか」

「三〇〇〇フィートまで下がりましょう」

地上の景色がどんどん大きくなった。

「たくさんの人間が見える。耕作地もあるな。二五〇〇年前には作物が取れたのだな。なぜかいまは一面、砂漠だが……」

白柳がつぶやいていると、大型オスプレイⅢはピラミット群を一周して、南下を始めた。

そのときだった。

「緊急事態、右モーターエンジン温度が急に上がり出しました」

副操縦士の声が聞こえた。

「すぐに片肺飛行に切り替えろ」

「全員窓から外を見て、砂漠ではなく、地面が固い土漠を捜せ」

添田が、鋭い声で矢継ぎ早の指令をした。


三〇分ほど飛行したとき、少し落ち着いた添田飛行班長の声がした。

「高度を一〇〇〇フィートまで下げよ。前方に土漠が見える、そこへ着陸する。以上」

なんとか土漠に着陸すると、整備班長以下全員が左側の翼に取り付き、モーターカバーを外し、さらにモーター中心部のカバーを外して、整備員が煙の出ているところを確認した。

「あちちー」

少し触れてしまった。

整備班長が懐中電灯で中を調べると、

「こいつが原因か」

どうやら突き止めたようだ。

整備班長は整備員に整備マニュアルを持って来させた。

「ブラシは一五〇時間の整備Dで、取り外し目視点検か。ならば、部品ボックスにあるかもしれない。だれか部品ボックスを捜せ」

「ありました、八個もあります」

「二個持って来い」

「よし取り換えるぞ」

　整備点検はそれから一時間半ほどで終了した。

「今日はもう遅いので、今夜はここで宿営を行い、朝は現地時間の六時〇分に出発する。皆で晩飯の準備を行う。食事班長、食料品は足りるか」

「まだ十分あります」

「今夜は腹いっぱい食べて寝よう」

　添田が力強く言った。


　翌朝は全員五時に起きたところで、添田飛行班長が作業の指示を出した。

「テントを畳んで、残飯その他容器は土の中へ埋めておけ。今日の終着点はアフリカ西海岸のモーリタニア。見るものはなにもないそうだ。整備班長、宇宙通信船に誘導してくれるように通信を頼みます」

「了解」

「ただいまの時刻、現地時間で午前六時〇分、これよりモーリタニアまで一〇時間の飛行だ。各自有意義に時間を過ごすように。以上」

　添田が言った。

エジプトを出発してから一〇時間、白柳がこれまでの記録写真、録音、拡大望遠写真などの整理をしていると、添田の声がした。

「現地時間の一六時〇分、いまモーリタニア西部の上空だ。窓からちょっと広い土漠地帯を捜してくれ」

「西の方角二キロに、結構広い土地が見えます」

乗組員の一人が報告した。

「うーん、海岸に近い、ヤシの木が三本ほど生えているところがよいな。そこへ着陸だ。昼飯のあと作業をする。その後、ここからアメリカ大陸、メキシコ湾まで飛ぶのだ。C整備を行う」

五分後、大型オスプレイⅢはモーリタニアの土漠に静かに降り立った。

「今日はゆっくりしよう。モーター内部だけは計測しておいてください」

整備班長に指示すると、ヤシの木のある方へ歩いて行った。添田はしばらく上を眺めていたが、しばらくしてまた戻ってきた。

「誰かあのヤシの木に、登れる者はいないか」

誰も手を上げない。

「よし、五・五ミリの小銃が積んでなかったかな」

「保管庫に一挺だけあります」

「持ってきてくれ。弾倉も忘れるな。みんなに生まれて初めての、美味いものを食べさせてやるからな」

添田はそう言うと、銃を持って木の近くまで歩いて行った。添田が銃を構えたかと思うと、すぐに二発の銃声が聞こえ、ヤシの実一つが転がり落ちてきた。つづけて四発の銃声があり、四個のヤシが地面に転がった。

「これで十分だろう」

添田は一つだけ持ち、戻って来た。

「地面に落ちているヤシの実は、すべて集めてきなさい」

乗組員がヤシの実を持って帰ってくると、添田はみんなを前に講義を始めた。

「誰かナイフを貸してくれ。それから、ストローと大きめのスプーンも用意してくれ」

「それでは始める」

そう言うと、ヤシの実の上のほうを、ナイフで水平にスパッと切った。つぎに、上からストローを差し入れた。

「さ、この中の液体を飲むのだ」

二人一組になって、交互にストローで飲んだ。

「これは美味い！」

みんな驚いて声を出した。

「飲み終わったら、スプーンで中の果肉を取り出して食べよ」

「これも美味い！」

「ヤシの実の果汁は、実はカロリーも高い。あとパン一枚と牛乳一本あれば、それ以外の夕飯は遠慮しておこう」

「キャプテンの小銃射撃はプロ並みですね」

白柳が感心して言った。

「連隊射撃大会で優勝をしたことがあるのですよ」

「それはすごい」

そんな会話をしているうちに、食料係が大きな盆に牛乳とパンを盛ってやってきた。

「これを食べたら、今日はこれで休むことにしよう。明日は現地時間の四時起床とする」

添田がみんなに早めの就寝を促した。


翌日は、全員夜明け前の四時前に起きてライトを当てながら右側のエンジンカバーを外し、さらにモーターカバーを外し、左側のブラシを取り換えた、整備班長が取り換えたブラシ部品をしげしげと眺め、

「これが海上で発生したら、大変なことになる」

と、つぶやいた。

六時には食事も終わり、添田飛行班長が出発を宣言した。

「それでは離陸する。これから、一〇時間以上も空と海だけだ。ウェーザー情報があればよいのだが。整備班長、宇宙通信衛星さんに聞いてください」

「了解」

「地球の気象庁に聞かなければわからないそうです」

「我々の位置情報を常に、教えてもらってください」

「了解」

「高度一万フィート。速度三〇〇ノット。以上」

「アメリカ大陸には朝方到着になるだろう。君たちはゆっくり寝ておきなさい」

アメリカ大陸到着

「いよいよアメリカ大陸東海岸に近づいてきた。メキシコ湾内に接続しているミシシッピ川河口はこの方位でよいか。整備班長、通信船に問い合わせしてください」

「了解」

「この方位で間違いなしとのことです」

「なんとも美しい台地だな。大陸の山林、二五〇〇年基地がいくらでもできるな。国土面積は日本の二八倍もある。二五〇〇年基地を五〇〇カ所造りたいが、夢物語なのか。国の発展は国土の広さ、気候の温暖、土壌にあるのだな。中国も広いが、山岳地帯、日本とほぼ同じ面積のタクラマカン砂漠などが国の発展を妨げている」

白柳がそんなことを考えていると、アメリカ東海岸の上空に着いていた。大型オスプレイⅢはここから北西方向へ進む。

「フロリダ半島の上空を通過、方位はそのまま」

整備班長が添田に報告した。

「よし、ミシシッピ川の河口とメキシコ湾と交わっているところを左に見て、上流へと飛べばよいのですね」

「その通りです」

「みんな左側の窓からよく見ろよ」

添田の声に、白柳は下を見た。

「見えた、基地らしいものがある。一一時の方向だ。人間がいる。手を上げてこっち見ている。やっと来たか」

「いまから基地の周囲を旋回するから、着陸できるところを捜せ」

白柳は、機が何周か回るうちに、不思議なことに気がついた。ここへやってきて半年も経過するのに、各個人のコンテナが到着したときと同じようにみんなバラバラで、家の周囲には家庭栽培のように植物を植えているだけ。そんな光景が広がっているのである。これはどういうことだ。白柳は声が出なかった。

「この下あたりに着陸できそうです」

乗組員が言った。

「了解、着陸する」

現地時間で午後の一二時過ぎ、八名の乗組員を乗せた大型オスプレイⅢがアメリカ二五〇〇年基地に着陸した。しかし、住民は外へ出てこなかった。一五分ほど経ってから、ようやく年配者が数名近づいてきた。

「私は基地責任者の雲林院ですが、日本の方たちですか」

「そうです。日本政府の者で白柳といいます。皆さんはここへ来て、どれほど日時が経ちますか」

白柳が尋ねた。

「九カ月ほど経過しますかね」

「この基地の集会所はどこにありますか」

「集会所はありません」

「診療所はありますか」

「……」

「米、小麦、豆、トウモロコシを作る耕作地は、何ヘクタールありますか」

彼らは黙って返事もしない。

「いったい、どういうことだ……」

白柳は住民たちの反応に戸惑った。

「皆さんそれでは地面に座りませんか」

「皆さんがここへ出発する前に、二五〇〇年基地での組織の作り方、一二歳からの子供も含め全員が総出で水田や畑で働くこと、物事を始めるときは班長たちの意見を合わせて実行することなどについて、十分な教育を受けられたと聞いています」

「……」

「それではお尋ねしたいのですが、測量班長はどなたですか。手を上げてください」

「建設機械、農業機械、金物製造の班長手を上げてください」

「機械を修理するテントなど必要ですが、まだ作っていないのですか」

「誰に頼めばいいのかわからなくて」

「皆さんが共同して作業をするのです」

「基地責任者の雲林院さん、出発前にパソコンを預かっていませんか」

「はい、預かっています。利用したい品物の名前を打ち込むと写真が出てきまして、つぎへのマークを押すとコンテナ番号が出て、置いてある場所がわかります」

「わかりました。それでは『大型テント』と入れてください」

「ありました。この写真が出ました。つぎに『ドアの近く』と出ております。『ＡＣ－３』と出ました。」

「それがコンテナ番号です。皆さん、ＡＣ－３というコンテナを探してください」

「あれだ」

と、誰かが指さした。

白柳はＡＣ－３と書かれたコンテナのドアを開いた。

「これだな、皆さん手を貸して！」と、白柳は叫んだ。

一〇人ほどがいっしょになり、七メートルほどの筒状のものを引っ張り出した。

白柳があらかじめ見つけておいた空き地に、みんなで取り出したテントを置いた。

「ここに設置します。誰か向こう側の赤いボタンを、一、二、三、で押してください。私が声をかけます。はい、一、二、三」

とたんに、シューッとエアーの出る音がして、みるみる七メートル×七メートルのテント小屋ができ上がった。この天幕の布はナノシートといって、日本の企業が発明して生産できるのは日本だけです。一週間で一般の鉄より硬くなり、引っ張り強度、曲げ強度は鉄以上です。皆さん欲しい物はありませんか」

一人が手を上げた。

「小型のブルドーザーが欲しいのですが」

「あなたは何班ですか」

白柳が尋ねた。

「水田と畑地班です」

「班長ですか」

「いいえ」

「水田と畑地班長はいますか」

白柳の問いに、誰も答えなかった。

「またバイソン狩りに行っているのだろう」

少しおいて、一人が口にした。

「キャプテン、狩りで不在なのかもしれません。今夜は各班長がこのテントに集まって、話し合いしませんか」

白柳が提案した。

「そうしますか。しかし銃を持っている者と話し合うのは危険ですね。用心してかかりましょう」

「みなさん。私たち二五〇〇年基地の者は、三日後の朝この地を出発します。帰って宇宙探査庁にこちらの実情を報告します。上からの指令を受けて、またこちらへ来るかもしれません。それでは夕食を食べて、二時間後に各班長さんはここに集まりましょう」

白柳は夕食後の会議を伝え、添田といっしょに大型オスプレイⅢに戻った。

「警備班が帰ってきたときが問題ですね。彼らは武器を持っていますから。全員で行きましょう。私たちパイロットが四名。私の隣に白柳さんがいてください。白柳さん以外は、軍隊で十分に訓練を受けていますから大丈夫です」

夕食後、白柳たち全員が昼間に建てたテント小屋に行った。

「皆さんこんばんは。これからお昼のつづきをお話ししましょう。私、白柳が進行係を行います。早速、本題に入ります。これだけ大勢の方がアメリカに到着して、一つの街を建設し食料を自給させなければならないのはとても大変なことです。私たちの二五〇〇年基地は班長制度などがありませんでした。しかし、組織を効率よく機能させるために、班長制度を導入しました。医師は医療班、漁師は漁労班、建設計画に絡んで、測量班、水路班、排水溝、井戸鑿泉班、水道班、電気班です。つぎに木材伐採班。製材班、大工班、金物班ですが、この班は色々な建設機械、農業機械の修理、修繕建築、金属に関するものはなんでも作ります。そのほかに炊事班、食料調達班があり、煮炊きは女性と子供が全員で行います。そして各班には要となる班長がいて、機能的に組織を動かしています」

白柳が話を進めていると、警備員の一人が、

「班長、班長と、お前たちはうるさいぞ。もともとこんな遠いところに連れて来られて迷惑しているのだ。ここには、憲法も法律も規則ない。力のある武器を持った者が法律なのだ。したがって好きなように生きていく。ときどきバイソン三頭と交換でコメをもらっていく。おい、そこの人間、うるさいから始末をつけてやる」

一気にまくし立てると、いきなり白柳に銃を向けた。その刹那、添田の銃が激しく火を噴いた。銃を構えた警備員三人も同時に射殺された。残りの三人はというと、銃を投げ出し、膝をついて命乞いをしていたのだった。

「本日かぎりで警備担当班の業務を解く。これは宇宙探査庁長官の命令である」

と、白柳が宣言した。

アメリカ二五〇〇年基地の基本計画

翌朝、テント小屋に白柳たちと基地の要職者が集まった。

「皆さん、新しい基本計画はこれからです、働かない者は食べてはいけません。皆さんは個人個人の住居に非常食品を持って来られたと思います。しかし、食い延ばしても、あと半年も持たないでしょう。どうするのですか、餓死するのですか。人間飢えて死ぬことは

どれだけ辛いことか、わかりますか。そうした事態に陥らないために、宇宙探査庁は非常食品として、あと半年分をどこかのコンテナに忍ばせてくれています。これまでのような暮らしをしていれば、命が半年延びるだけです。私たちの使命はなんですか。生きよ、命を繋げ。そして子供を教育せよ。ではなかったでしょうか。地球に残っていたとして、日本全体が氷で覆われ、何人の日本人が生き残るでしょうか。あなたたちは選ばれたのです。特殊な技能、知識を持った人以外は、全員五〇歳以下でしょう。みんなで命を繋ぎましょう」

白柳は、二五〇〇年基地に移住する意味を懇々と訴えた。

「さて、こんな話はここまでとして、これからは具体的なお話に移りましょう。測量班の方はおられますか」

「はい」

六名が手を上げた。

「あなたたちにお願いがあります。いまから明日の一七時までに、五〇〇メートルごとの高低差、特に高低差が大きいところは一〇〇メートルで、この場所から海岸までの一〇キロメートル、また反対にここから東側に沿って一〇キロメートルの範囲で概略測量を行ってください。終わったら、またここに集まっていてください。これから、測量機器のある場所を特定しますので、ちょっと待っていてください」

「コンピューターおよび通信係の方はおられますか」

「はい」

五名が手を上げた。

「パソコンでコンテナカーゴの表示をクリックして、測量機材を出してください。大きな字で、ローマ字と数字が出ませんか」

「出ました『UM－9』です」

「UM－9と、コンテナの四面にペンキで大きく書いてあります。測量班の方たちとそのコンテナを探してください。中に測量機器が入っていますから、測量班の方は必要な機器を取り出して出発してください」

「了解しました」

「つぎ、漁業班はおられますか」

「はい」

と、一二名が立ち上がった。

「みなさんには、ある調査をお願いします。まず、六名ぐらい乗れるゴムボートを一隻と三名分のアクアラングを用意してください。そして、海岸際にどんなプランクトンや魚がいるかを調べます。さらに、シジミやハマグリの死骸がどれだけあるのか。片口鰯などの小魚もです。これは水田、農地の大切な肥料の原料になります。時間があれば川底も調べてください。明日の一七時までに終わらせてここへ戻ってきてください。それでは、各班取りかかってください」

測量班、通信班、漁業班が足早にテントを出て行った。

「まだ重要な班がありますね。金物班、水道班、製材、伐採班，大工班、土木水路班、建築計画班、医療班です。ちょっと、この辺で少し休憩しませんか。一〇分ばかり」

白柳はコップ一杯の水を飲み、きっちり一〇分の休憩をとると、会合を再会した。

「あの、水田畑地班はどうしますか」

「水田の総班長はこの基地の責任者に就いてもらい、水田はこの基地の全員が共同で作業をしましょう。一カ所の農業部落は二五世帯ぐらいを一班として、それぞれに班長を決めます。各班の作業、または組織をどのようにするか、説明するには時間がありません。この基地に超短波無線機を渡しておきます、五〇〇〇年昔にはよく使われていたものです。この通信機を利用して、わからないことは問い合わせてください。その解決方法を連絡します。私たちは、明後日の早くにここを出発しなければなりません。ですから私は明日の夜遅くまでお付き合いしようと思います。キャプテン、よろしいですか」

「二日後の出発に差し障りがなければ、大丈夫です」

「それでは、金物班長とお話があります。金物班は基地にある建設機械、農業機械、建築金物の修理生産をしなければなりません。最盛期には五〇名ぐらいの人員になります」

「まず、ナノシートで造ってある最大のテント工場を建てます。その近くに単身者、及び家族持ちの住居を建てなければなりません。食事の用意は家族持ちの奥さん、一五歳までの子供に手伝わせます」

「ナノシート製のテントはどこにありますか」

「コンテナ内にありますので、通信係に聞いてください。色々な機械道具材料もコンテナのどこかに入っています」


つぎの日の夕刻、測量班と漁業班が一緒になって帰ってきた。

「疲れているところをすみませんが、海の中の様子はどうでしたか」

「プランクトンが多かったので、小魚も大型魚もたくさんいると思ってよいでしょう。貝殻の死骸は、浅瀬の底に敷き詰めたようにありました」

白柳はほっとした。

「測量班の皆さんもご苦労さまでした。大体の測量はできましたか」

「はい、ミシシッピ川の対岸はわかりませんが、川に沿って南西側は三パーセントの傾斜になっています」

「ほー、水路の勾配を取りやすいですね」

「それと驚くことに、ここから一五キロ先の川底に、五〇センチの段差があります。段差の上流側に水路を網の目のように作れます」

「大昔、地震で地表面に段差ができたのでしょう。きっとよい土地になると思います。あとは水路班と水田班とで良く協議をしてください。私と相談したいことがあれば、通信担当者に事情を言って連絡を取ってください。私は明日朝、二五〇〇年基地に向かって出発しますから」

二五〇〇年基地に帰還

「さて、みんな帰る準備ができたか。道具部品など忘れ物はないだろうな。ならば乗り込め、出発する」

添田飛行班長が出発を宣言した。アメリカ二五〇〇年基地の大勢の人たちが見送りに来てくれた。乗組員も手を振って別れを惜しんだ。

「現在時刻現地時間の午前七時〇分、これよりハワイ島まで直行だ。さて美味しいヤシの実でも食べるかな。皆もゆっくり寛いでくれ。私たちは交替で操縦をする。今回の大型オスプレイⅢは巡航速度が速いから、前回の調査時より二時間ほど早く到着する。予定時刻は現地時間で一七時三〇分だ」

ほどなく大型オスプレイⅢはすーっと上昇し、見送りの人たちの姿が見る見る小さくなっていった。その後機体は水平飛行に移り、白柳はしばらく海を眺めていたが、頭にはアメリカ二五〇〇年基地のみんなの顔が浮かんでいた。

「大丈夫、きっとやり抜いてくれる……」

白柳はいつの間にか深い眠りの中を彷徨っていた。


「さあ着いたぞ、起きろ」

添田の声に白柳が目を覚ますと、間もなく大型オスプレイⅢはいつも通り静かに着陸した。

「一〇カ月前にアメリカ移住地調査で降りたった場所と同じところだ。ただ、念のために警戒しながら周囲を調べる。帰ってきたら夕飯の準備を行う。私は夕飯のデザート用にヤシの実を取りに行ってくる、一人参加せよ」

添田の誘いに、整備班の一人が付いていった。

白柳と整備班長が、飛行機の中から野外テントや夕食用の道具、食料品を取り出した。

「今晩食べると明日の朝と昼の機内食だけだ。豪勢に行こう」

白柳は、最後の缶ビールが一人一缶ずつ残っているが、出してよいのか迷っていた。結局、添田に相談しようと決めた。

「整備班長、バッファローのお肉がありますよ。アメリカ基地の雲林院さんが、見送りのとき、『帰りの食事にしてください』と持たせてくれたのです」

「ほー、それは美味しそうだ」

白柳たちがテントを立てていると、周辺を見に行っていた乗組員たちが帰ってきた。ころ合いをみて、白柳はバッファローの肉を焼き始めた。匂いに釣られたのか、添田が様子を見にきた。

「白柳さん、これはなんの肉ですか」

「バッファローですよ。雲林院さんが帰り際に差し入れてくれたものです」

「それはうれしいですね」

「実はキャプテン、宮城さんからいただいたのはワインのほかにも缶ビールが一本ずつあったのです。最後の晩餐会ということで出しますね」

白柳が小声で聞いた。

「最後にご褒美を用意しているとは。白柳さん、さすがですね」

乗組員たちは時間をかけて食事を楽しんだ。「こんな美味い肉は久し振りだ」「柔らかい」「甘味がある」「今日のビールは、特に美味い」などと口にしながら、がやがやとしゃべり合っていた。

白柳が予定していた仕事は、すべて完了した。

「あと二日あればな。アメリカ二五〇〇年基地の建設をもう少し手伝ってやれたのに、残念です」

白柳が添田に言った。

「白柳さん、アメリカ二五〇〇年基地の人たちに組織について話し始め、水田、畑の肥料のことでボートを出して調査に行けと言い出したときは、これはえらいことになったと、はらはらしました。でも、上手に収められました。感心しましたよ」

「いえ、また帰ってからが大変です。宇宙探査庁にどのように報告するか、頭が痛いです」

「白柳さんの腕の見せどころですね」

「そうだキャプテン、明日は朝からヤシの実を取って、各班長さんへのお土産にしようと思っているのです」

「どれほど持って帰るのですか」

「機体に積めるだけです」

「そんなに銃の弾はないですよ」

「はははは」

一拍おいて、二人で笑った。

「そうだ白柳さん、明日は予定通り現地時間の二二時出発でよろしいですか。到着は朝になります」

「ヤシの実の収穫以外はなにもないです」

「上空の通信船に出発時刻と到着予定時刻を伝えておきます。塚本さんに知らせておかないといけませんから」

一路二五〇〇年基地へ

機体の中から、テント、毛布、冷蔵庫、野外キッチン用品、炊飯器などと、非常食品の余り物などを、万が一に備え、再度使えるように密閉してから土の中深く埋めた。機内がすっきりしたところに、ヤシの実を山ほど積んだ。

「ただいまの時刻現地時間で二二時〇分、みんなで二五〇〇年基地に向かおう。到着予定時刻は午前九時〇分。整備班長、通信船に予定通り出発すると連絡してください」

「了解」

昨晩大型オスプレイⅢ帰還の連絡を受けた通信班長の塚本は、朝から少しそわそわしていた。みんなに彼らが帰る時刻をいつ伝えるか考えていたのである。

そんな塚本を見て心配したのか、部下の一人が、

「班長、なにかありましたか」

と、聞いてきた。

「実は大型オスプレイⅢが明日の朝に帰ってくるんだよ」

「それなら各班長に一斉通信じゃないですか。大丈夫、私がします」

「では任せる。帰還時刻はいまのところ午前九時だ」

「歓迎会場はオスプレイⅢのテント整備小屋でよいのではありませんか」

「あとは時間だな。みんな疲れているだろうし、政府への簡単な報告も必要だろう。これは宮城さんに相談だな」

塚本は宮城と携帯通信機の電話で話し、歓迎会の時刻は明日午後六時と決まった。

「明日はなにが獲れるかな。マグロ、大振りの鯛などがあるといいな。すし飯は女性のみなさんにお任せするとして……、手分けして商店を回ってみよう」

塚本は弾んだ気持ちを抑えきれなかった。


「やっと帰ってきた」

眼下に二五〇〇年基地を見て、添田飛行班長が声に出した。

「なんだか懐かしいな、一回りしようか」

高度一万五〇〇〇フィートの大型オスプレイⅢを見つけて、畑仕事をしている人が手を振っていた。

「さて、オスプレイⅢの組み立てテントの横に着陸するか」

添田がそう言うと、大型オスプレイⅢは静かに着陸した。

宮城、建部、塚本たちが白柳たちを出迎えた。白柳の妻信子と貴紀、誠の二人の息子も、並んで手を振っていた。白柳も手を振り、出迎えに応えた。

「みなさん、大切なミッション、お疲れさまでした」

宮城が代表して彼らを労った。

「白柳さんの活躍ぶりは宇宙船を通してこの基地にも伝わっています」

「いえいえ、添田キャプテンをはじめ、皆さんのおかげだと思っています。詳細な情報は後日送るとして、取りあえず簡単な報告書を書きますので、午後の一時を目処に塚本さんにお渡しします。上の宇宙船に送っていただけますか」

「了解です。六時から皆さんの歓迎会が開かれますから、それまで少しお休みになってください」

「そうそう、皆さんも歓迎会まで英気を養っておいてください。そして盛り上がりましょう」

宮城が塚本の言葉をつないで言った。

その日の夕刻、二五〇〇年基地はとても華やいだ雰囲気に包まれていた。

「テントの中には皆さんの帰還祝いの席がありますから、どうぞ中に入ってください」

と、係の者が白柳たちを案内した。

テントの中では、班長たちがそれぞれ自分の席に座っていた。中央にコの字型の大きなテーブルが据えられ、上には豪勢な食べ物が並べられていた。乗組員は、全員一段高い席に案内された。

歓迎会が始まり、最初に漁業班長の瀬戸山が挨拶に立った。

「少し挨拶をいたします」

「挨拶は二〇秒でよい」

ヤジが入り、会場がどっと沸いた。

「乗組員の皆さんは、けがも病気もせず。よくご無事で帰って来られました。終わり」

「よしよし」

瀬戸山を受けて、添田飛行班長が挨拶した。

「私たちは四人で交替しながら操縦してきました。与えられた仕事は完璧ではないかもしれませんが、やり終えたと思います。実際の仕事は、白柳さんが行いました。以上です」

つぎに白柳が立った。

「白柳です。いろいろなことがありました。すべてお話しするには、二日や三日では足りません。これでおしまいです」

「あまり長く保存すると日本酒は味が落ちると聞きますので、ちょうどいい機会とお持ちしました。コップ一杯ずつしかありませんが、祝い酒にしてください」

商店街のまとめ役の言葉をきっかけにして、みんなが一斉に料理に箸を伸ばした。

テーブルには、マグロ、タイ、イカの刺身、トロや赤身の握りずしをはじめ、女性陣のみなさんが総出で作ったちらし寿司、かき揚げ、煮物など、食べ切れないほどのご馳走が並んでいた。そこへまた、イワシ、アジ、エビの天ぷらなどが加えられた。

「お手伝いの方たちも食べてください。皆さんの応援がないと食べ切れませんから」

白柳はそう言って。女性陣を労った。

二時間ほど経ったとき、基地のまとめ役である宮城が終宴を告げた。

「そろそろお開きにしませんか。お腹もいっぱいになったでしょう。それから、先ほど思いついたのですが、市場の広場で月に一回程度、魚祭りや総菜祭り、おにぎり祭りなどの催しをやりませんか。今度は自分の食べる分はカード払いとしますけれど」

「それはよいな」

「楽しそう」

「早速準備を始めよう」

会場の人たちも賛成してくれた。

そして残ったご馳走は、各自持参した容器に入れ、仲間や子供たちのために持ち帰った。


翌日、白柳は通信班長の塚本のところに、世界飛行で使ったカメラや録音機器を持っていった。


「塚本さん、旅行中はお世話になりました。早速ですが、持ち帰ったデータを宇宙探査庁に送りたいのですが、ご協力いただけますか」

「なんなりとご用命ください」

「ありがとうございます。それでは、音声の入ったCD画像、同じくカメラ画像や映像をどのようにして送ったらいいのかを問い合わせてください」

「私の持っている知識でも送れると思いますが、連絡を取りましょう」

そう言って、塚本は三〇分ほどかけて通信をしていた。

「返事が来ますから、しばらく待ってください。待っている間にお話ししましょう。なにか難しいことがありましたか」

「ありました。アメリカ二五〇〇年基地は、ここの第二・二五〇〇年基地とまったく同じ過ちを犯していました。はっきり言って失敗です。私の報告が宇宙探査庁に届けば、上層部も理解してくれると思います。我々から遠く離れた場所で、住居の建設、食料の確保、水田や畑の造成工事など二カ月や三カ月教わった程度では到底習得などできません。各班長も適当に割り振ったようなものです。近いうちに、再度アメリカの基地に確認と指導に行かねばならないと思っています」

「やはり、そうですか」

「返信が来ました。えーと、『画像と映像はCDにして、CDRに直節音声画像が入っている場合もすべてCDにて送信、こちらで加工する。CD一枚につき時間は一五分程度』とありますね」

塚本はコンピューターを一〇分ほど操作した。

「よし、これで完了。白柳さんの一三日間の世界飛行の報告書はこれで完了しました。あっけないものですね」

「あとは宇宙探査庁がどういう結論を出すかです」

白柳が塚本に言った。

白柳はまた小型トラックに乗って、第二・二五〇〇年基地に向かった。そこには、二週間前に見た光景とはまったく様変わりした光景があった。ブルドーザーやトラクターが動きまわり、二キロ先には水を汲み上げる掘削機が稼働していた。近くで、母親が刈り取った枝葉を、一二、三歳くらいの子供が背負い籠に入れて水田まで運んでいる姿を見て、白柳は涙が出そうになった。

その水田にキャタピラーで造られた二トン車ほどのダンプが現れた。降ろされた荷物は白い貝殻の粉と干鰯肥料であった。このダンプ、金山さんの苦心の作だなと白柳は思った。

一時間後、白柳は金山の作業工場に来ていた。

「金山さん、昨夜は歓迎会にお越しいただきありがとうございました」

「いやいや、大変な御馳走が出てびっくりしたね。少し持ち帰って女房に食べさせたら、目を白黒させていたよ」

「いま第二・二五〇〇年基地を少し眺めてきました。あのダンプ、金山さんですね。苦労なさったでしょう」

「二五〇〇年基地のときは、材料はない、機械も足りない。ないないづくしだったけど、いまはそこまではね。そうはいっても、早く第二工場も建ててやらねばならないし、宿舎だって必要だ。まだまだだよ」

「地球から送ってほしい物はありませんか」

「それなら、いろんな寸法の油圧ホースだ。奴さんたちは運転が上手くないから、すぐに破いてしまう。困ったもんだよ」

「金山さん、欲しい資材があったら塚本さんに連絡してください」

「そうするよ」

「もう四時か、造船場、製鉄工場などは回れないな。今日は早く帰りましょうかね」

宇宙探査庁会議

宇宙探査庁では、二五〇〇年基地から宇宙通信船が持ち帰った、世界一周飛行の記録をもとに反省会議が行われていた。

「私は、今回の移住は失敗だと思っている。福岡に置いた二五〇〇年基地とアメリカ二五〇〇年基地とではどこがどのように違うのか、検証をしてみよう。まず、移住局長の君から考えを言ってくれ」

宇宙探査庁長官が厳しい顔で言った。

「失敗の要因はつぎの六つです。

一．まず移住者が二〇〇〇名と多すぎたこと。

二．班長の選別方法がまずかったこと。

三．最初から住まいを家族単位の独立家屋としたこと。

四．警備班に最初から警備武器を持たせたこと。

五．代表の選別を、年齢が一番上で、現役公務員の課長補佐であるという理由から、よく精査せず選んだこと。

六．福岡二五〇〇年基地からの提言により、アメリカ大陸出発三週間前に組織の再構築と役割の指導を行ったが、それが不十分だったこと。

以上です」

「測量班はどこがどのようにして、選んだのかね」

「都市計画班が選定しました。都市計画の基になるのが測量図ですから。選び方ですが、氷河時代で仕事もなく、ぶらぶら遊んでいる業者がいるということで、その人たちに声をかけました。するとぜひ参加したいというので採用した次第です」

「建設機械、農機具の修理、部品の加工員は」

「すべてメーカーに依頼しました」

「職人をまとめ指導する、班長の選定はどうやって」

「仕事の取次だけだと思い、名簿の一番上の者にしました」

「職人の選別は」

「メーカー、組合、業者の募集に応じてくれた中から選びました」

「一番肝心な面談は、一人一人したかね」

「班長を選ぶ基準というのがなかったこと。また、経験や期間などを全員に同じことを聞いてデータ化しなかったのが反省点です」

「もう、よい。この責任は君たちにある。アメリカに行った彼らをバックアップする体制は取るが、今後海外への移住計画は注視するよう大統領に進言してくる」

宇宙探査庁会議の翌日、宇宙探査庁長官がアメリカ二五〇〇年基地の問題を説明するために大統領を訪ねていた。

「大統領、お時間をいただきありがとうございます。端的に申し上げます。アメリカ二五〇〇年基地移住は、失敗しました。一方、福岡二五〇〇年基地横にある島に配置した第二・二五〇〇年基地一八〇〇名の移住者は、食べるだけの食料の生産をするには土地面積が足りないという問題を抱えながらも、先に移住していた福岡二五〇〇年基地の指導者が第二基地の移住者三分の一を自分たちの住んでいる土地に移住をさせ、班の編成替えを行いました。班長の入れ替えも行い、いまはなんとか移住建設は進んでいます。アメリカ二五〇〇年基地に到着して九カ月になりますが、移住失敗の理由をご説明させていただきます」

宇宙探査庁長官が先日の反省会議で出た項目の中で重要な内容を述べた。

「まず、地球において各班長を適当に指名したこと。現場を知らない雇われ公務員が、穀物用の水路は上流から、勾配は一〇〇分の三まで、水田、畑には化学肥料。チッソ、リン酸、カリウムを適当に配合して撒いておけ、などと、中学生にでも教える内容を、さも経験者のように講義してお茶を濁す。総班長、指導者も、誰かが意見具申をしてくれるか、命令を待っている。警備警戒隊として送られた軍隊の一部と警察官は、銃を待たされていることをいいことに、アメリカンバッファロー狩りに精を出して、移住者の大切な非常用の食料を、二週間に一度は自分たちの射殺した獲物の一部と交換して持っていく。こういうありさまです。その者たちは、今回地球一周飛行をした二五〇〇年基地の人間が射殺しました。それでも今回の飛行で視察した白柳さんが、いろいろと手を加えてくれました。しかし、いかんせん時間が足りませんでした。二度、三度と、指導に向かわなくてはならないでしょう。大統領、どうされますか」

「ううーむ、少し考えさせてくれ。この議論をするため、閣僚と指名する局長を出席させる」

「よろしくお願いいたします」

大統領出席の合同会議

会議は宇宙探査庁長官による世界一周飛行の概要説明から始まった。

「出席の皆さんは、先日派遣した世界一周飛行についてはご理解いただいていると思います。三つの目的がありました。

一つは世界中の気候を調査。これの記録は公表されていますから、皆さんも調査の結果はご存じでしょう。

二つ目の目的は、日本より近いところで石油を探すことです。これも概ね成功を見ました。問題は三つ目のアメリカ、ミシシッピ川岸に移住させた二〇〇〇名の生活実態です。世界一周飛行をした乗組員からの報告記録を見ればわかると思いますが、あと一年もしたら、保存食料の奪い合いから皆がばらばらになってしまうかもしれません。彼らをこのまま放置するのか、それとも日本の二五〇〇年基地のように、自分たちで庁舎を建て学校を造り、食料品、生活品のすべてを自前で生産できる組織へと導くのか。どちらかを選ばなければなりません」

「意見を出し合おうじゃないか。君たちの意見の内容によって私が判断する。ところで移住局長、君は移住にあたり班長全員を集めて講義をしているな。その内容をこの場で披露してもらうか」

「はい、食料の自給生活をするには一致団結がなによりも大切だということを、口を酸っぱくして申しました」

「業者を選定するのに、どのようなルートからあたったかね」

「建設業業界統計課に鑿泉工事組合の組合長の名前を聞き、組合長に面会して、井戸掘り業者を紹介してもらいました。紹介のあった業者には、三〇メートルからの井戸掘り道具と、必要ならクレーンの手配を頼みました。資材の大きさは、四〇フィートのコンテナに入るものとしました」

「その現地に行く班長たちの教育は誰がしたのかね。君が一班ずつ手を取って教えたわけではあるまい」

「各担当課長にお願いしました」

「それでは、通信担当はどのようにして選んだのかね」

「通信課の職員を選びました。四九歳のベテランで、妻帯者ですが子供はいません」

「専門家の先生を連れて行くのを忘れるな。医療者も忘れるな。アメリカミシシッピ川の河口にいる日本人を見殺しにはできない。福岡の二五〇〇年基地の知恵を借りて、なんとかしたい。海外への移住は、今回で打ち切りとする。つぎからの移住での班長は、移住局から出てもらう」

二五〇〇年基地の生活

白柳は世界一周飛行から帰ってからは、猛烈に忙しかった。まず、第二・二五〇〇年基地に足を運んだ。木製の橋と鉄製の橋は完全にでき上がり、ペンキ塗装まで仕上げていた。

「塗装は何班が行ったのかな」

と、白柳がつぶやいた。水田は、一〇〇ヘクタールほど完成しかけていた。

「あとは田んぼ道だけだな。水を入れて、トラクターでかき混ぜ、水漏れ検査、チッソ肥料の追加だ。隣は小麦畑かな。トラクターとブルドーザーが入っているから、まだかなり日数がかかるか」

白柳は午後になって、金属加工工場の金山のところに足を運んだ。

「トラクターやブルドーザーなどの修理はいかがですか」

「みんな同じところばかり故障をする。ぼちぼち田植え機の修理点検にかからなきゃ。仕事は山ほどある。早く独身寮の建築に取りかかってほしいのだが」

「二、三日のうちに班長の合同会議をしませんか」

「了解じゃ」

白柳はその足で、石油プラント工場、化学工場、製鉄工場の電気炉を見ておこうと思った。石油プラント工場まで近づいてくると、工場の前で宮城と科学者の今中が話し込んでいた。

「どうもこんにちは。私は測量を始めたときに来ただけでしたが、基礎工事が間もなく仕上がりそうですね」

「白柳君が持って帰って来てくれた原油、ほとんどナフサに近い成分だ。この基地で必要なものはなんでもできるぞ。エチレン、ポリプロピレン、トルエン、欲しいものを言ってくれ」

今中が太鼓判を押した。

「白柳さん、今中先生、二、三日のうちにすべての班長を集めて、遅れているところなどの対策を協議しませんか」

「私も作業現場を見てきて、会議のことを考えていました。それでは明後日の午後から召集しましょう」

白柳は日程の承諾をとると、漁業班長の瀬戸内のところに向かった。

白柳が瀬戸内を目で捜していると、瀬戸内が気づいてやってきた。

「こんなに忙しいときに、私の顔を見に来たのですか」

「そうです。瀬戸内さんにお聞きすれば、基地全体の動きや問題点がわかりますから」

「ははは、ずいぶん褒められましたね」

「それではお聞きします。不服不満などは出ていませんか」

「うーん、不満だらけですね。第二基地の主婦たちを見ていると、果たして魚を買いに来たのか、不満をぶつけに来たのか、わからなくなります。この前も、主婦同士で『いまさら共同生活、共同炊事、共同菜園なんて、窮屈でしょうがない。まともに昼寝もできない』、なんて言っていましたよ」

白柳は、個人住宅に近い現在の形から、共同住宅や団体生活に移されるとなったら、ひと騒ぎもふた騒ぎも起こるだろうと思った。

「白柳さん、まだ腹の立つことがありますよ。朝捕れたサバを指さして、『片身を刺身で、残りは切り身で』なんて、注文してくるんです。だから言ってやりました。『ここは魚屋じゃなく、トロ箱の売り買いの店。今日は特別に一匹売りでもかまいませんが』、とね。最近移住してきた奥さんたちは、ここをスーパーかなんかだと思っているみたいです。正直、これから農業集落や共同生活するのは大変だと思います」

白柳はそれを聞いて目眩がした。

二五〇〇年基地班長総合会議

二日後、各班長たちが会議室に集まった。進行は白柳が務めた。

「皆さん、お久しぶりです。それではまいります。世界一周飛行は宇宙探査庁から三つの指令がありました。一つ目は、世界中の気候を調査すること。二つ目は、日本から一番近いところで石油が出る場所を探すこと。三つ目は、アメリカ二五〇〇年基地に移住した人たちの生活を見てくるというものです。

一つ目と二つ目の指令は問題なくいったのですが、三つ目のアメリカ二五〇〇年基地は大変な事態に陥っていました。アメリカに移住して一年になろうとしているのに、組織ができていないのです。班長の選出は、移住局が勝手に割り振った会社員や公務員で、趣味で家庭菜園をやっているだけで、農業班長に指名された人もいました。基地責任者の雲林院氏は、五〇歳前の係長でした。気軽に引き受けて、二〇〇〇名の統率者になったのです。彼が言うには、『またどうせ上役が来て指導してくれるだろう』、と思っていたそうです。

また、食料計画の前に行うべき簡単な測量も水田計画もなく、ましてや都市計画などみじんも気にしていないありさまでした。それから警備員が七名いたのですが、その中の一人が銃を勝手に持ち出し、基地を抜け出てアメリカンバッファロー狩りに現を抜かしていました。その者は一〇日に一度基地に戻り、三頭分のバッファロー肉と、米、味噌、醬油を強引に交換して持って行く。とんだ無法地帯でした。我々は不届き者を断罪し、組織の立て直しを二日かけて指導しましたが、いかんせん時間が足りませんでした。このままだと、非常食品があってもあと半年も持たないと思います」

「さて、世界一周飛行のことはここまでとして、ここからが本題ですが……」

そう言いかけたとき、漁業班長の瀬戸山が手を上げた。

「ちょっと待ってください。白柳さんの言いたいことは、私が代わって話をしましょう。よろしいですか」

「お願いします」

「先日私が釣ってきたサバの荷揚げをしていると、店から女性の声が聞こえてきたんです。『大きなサバだこと、一匹もらうわ。片身は刺身に残りの片身は四つ切りでね』と。ですから私は『ここは魚屋ではなく、トロ箱売りのお店です』って、言ってやりました。スーパーにでも買い物に来た気分なんですね。移住者の意識がこうなのですから、個人生活から共同生活に移るとなると、かなり大変だと思います」

「なるほど、これをしないと食料不足に陥ってしまいます。みんなで知恵を出すしかありませんね」

まとめ役の宮城が言った。

「みなさん困っていること、早く取りかかってもらいたいことを、手短にお話しください」

すぐに、農業担当の岡田が手を上げた。

「以前からニワトリ、牛舎の新築を頼んでいるが、宮城さん、進捗はどんなもんですか」

「はい、養鶏小屋と乳牛三頭分の小屋ですね。いま屋根を組み立てているところですので、間もなく完成です。それから、飼料サイロも準備しています。場所はいまのところでは土地の面積が狭いので、橋が架かっている小川の向こう側に造りたいと思います。昨日まで図面整理をやっていました。今日は、岡田さんからお叱りを受ける覚悟をしてきました」

「ははは、ありがとう。でも、私は宮城さんが思っているほど強情ではないよ」

金属担当の金山がつづいた。

「金物工場に付属する独身寮の着工はいつごろになるのかの」

「水路工事のほうから機械と人を回す手配が終わりましたので、もうすぐです」

つづいて、木材の伐採製材班長から手が上がった。

「農業集団住宅を造るのでしたら、詳細な図面を上げてください。それに基づきパネルに起こしますから。パネル作りは、一二歳以上の子供や主婦に、昼の二、三時間でも手伝ってもらえると思いますから」

このあと、さまざまな意見や提案が議題に上がった。一通り出そろったところで、白柳が会議を締めくくった。

「この議論の調子からいって、第二・二五〇〇年基地の建設も遅れればせながら進んで行くだろうと思います。農業集団住宅については、宮城さんのお手伝いをさせていただこうかと思っています。本日は皆さん、貴重なご意見をありがとうございました」

第3章

人類の運命

宇宙探査庁内のヒソヒソ話

二人は、たまたま宇宙探査庁の食堂で隣り合って食事をしていた。一人は気象庁の宇宙気象予報係の高田で、もう一人は宇宙船発射時に発射方位を微調整する担当係の上田であった。

「ごちそうさま……」

食事を終えた上田がつぶやいた。宇宙船の発射が近づくと、難しい事案が多くなる。上田は、「あーあ」と思わずため息をもらしてしまった。

隣の席で食事中の高田が、横でため息をついた人物の顔をまじまじと見ていた。それに気づいた上田が聞いた。

「なにかご用ですか」

「ああ、すみません。私は高田と申します。いまあなたのため息を聞いて、仕事の内容こそ違うでしょうが、私も同じようにため息をつきたい気分だったので、つい」

「私は宇宙船発射時の発射方位の微調整をしている上田です」

「私は、気象庁で宇宙気象の予報係をしています。仕事先は違えども、なんだか根は同じような仕事ですね。上田さん、隣の打ち合わせブースでちょっとお話ししませんか」

「いいですよ」

二人は席を立ち、ブースを借りる手続きをした。ブースは、一〇平方メートルにも満たないものであった。

「高田さん、私の勤務場所は、地上一五〇キロ上空にある宇宙基地です。あなたは？」

「私はこのビルの屋上階です」

「上田さんが、なにかお悩みごとがありそうでしたのでお誘いしました。仕事上のことでしたら、お互いに打ち明けませんか」

「私の仕事は、宇宙気象の変化についてのあらゆることです。地球の公転周期もそうです。ご存じのように、公転周期は三六五・二五日をかけて太陽を一周します。この軌道は真円ではなく楕円なわけですが、この楕円の形状は一〇万年周期で伸縮を繰り返し、伸びた時期が氷河期、縮んで真円に近づいた時期が間氷期です。軌道が伸びると太陽から離れて享受できるエネルギーも少なくなってしまいますから。それでいくと、いまの段階は氷河期が始まって間がありませんから、楕円の度合いはさらに強くなっていくはずです。ところが過去三年にかぎって見ると、毎年一〇〇キロほど長くなっていた太陽との距離が五〇キロ、一〇キロ、二〇キロと、多少ぶれ幅はあるものの、長くなる率が小さくなっているのです。このままのペースで小さくなると、いずれ一キロとか五〇メートルとかになり、その後、太陽との距離が減少に転じるのではないかと予想されます。ただ、その時期はいったいいつなのか、一〇〇年後なのか、七〇年後なのか……。むしろ三年ほどのデータで、氷河期終焉を予想するのは乱暴な気もします。それでちょっと、もやもやしているのです」

「私も同じような悩みを抱えています。地球の気候変動は、いま高田さんがおっしゃった公転軌道の変化に加え、地軸角度の変化も大きく作用しています。緯度が高い場所は、傾き角度が小さい時期は太陽からのエネルギー量が少なく、大きいと多くなるからです。地軸角度は太陽に向かって、四万年周期で二二度から二四度の傾きの間で変化しますが、この一〇年の間に地軸の傾きが、一年ごとに二一度になったり二三度になったりと、大きく変化しているのです。地軸角度の変化によって偏西風の動きが変わり、豪雨、台風、海流の動きなどの変化が生じます。ただ、あなたと同じように、なぜそうなるのか原因が不明なのです。私の仕事に関して言えば、地球の傾きがある程度固定しないと、宇宙船の核融合エンジンのロケット発射角度の微調整が難しくなります。もし失敗すれば、とんでもないところに到着するでしょう。いま、私以外にもう一人この研究をしている者がいます。大曾根といって私の同僚です。彼は地球から出る磁力線の到達距離と地球の傾きの変化割合を、傾きの角度と連動させて予測計算をやっています。それから、もう一人……ではありませんが、宇宙基地のロボット君にも協力してもらっています」

話はつきず、二人がブースに入ってから、二時間が経っていた。

「上田さん、連絡先を教えてください。できるだけ早いうちに、また話し合いを持ちませんか」

「こちらこそ、ぜひ御願いします」

こうしてこの日は別れた二人だった。その後、上田の同僚である大曾根と宇宙通信船のロボット君も加わり周一回のペースでビルの最上階と一五〇キロ上空の宇宙基地とでのリモート研究会が行われた。

そして一五回目の会合で、彼らは驚くべき結論を導き出すことに成功した。

「高田さん！　すぐに上の人たちに報告しなくては」

「気象庁長官と宇宙発射基地局長を交えた報告会を開きましょう。私が一両日中に研究レポートをまとめます。会議の日程や段取りは二人で調整しましょう。大曾根さんとロボット君も参加してください」

出席者は簡単に決まったが、その根回しに三日ほどを要した。上田と大曾根は往復五日間の出張扱いである。そして、会議室にはロボット君を映し出す大型モニターも設置された。

僥倖

「秘書官、ちょっと来てくれ」

秘書官は急いで大統領執務室に入った。

「なんでしょうか」

「今日の予定は」

「はい、九時一五分に財務省大臣と財務局長が、そして一〇時から三〇分の予定で農水大臣が入っています。こんな日はめずらしいですね。それから大統領、会議室が、ざわめいているので聞いたところ、異常気象の変化について報告会があると言っていました。一〇時から始めるとのことです」

「それは興味深い。農水大臣との面談のあとに、途中から出席しよう」


一〇時になると、高田と上田をはじめ、気象庁長官や宇宙発射基地局長、そしてモニター越しには宇宙通信船のロボット君も加わり、報告会が始まった。

会議の冒頭、気象庁長官が議題の概略を説明した。

「私たちの業務は宇宙の観察で、隕石の確認や追跡、それと宇宙のゴミと言われている、古くなったロケットの破片や部品などを捕獲するのがおもな仕事です。こうした業務にあたっている私の部下である高田が、地球公転の変化とそれが地球におよぼす影響について数年にわたって研究をつづけてきました。その成果をここで発表いたします」

高田の報告の前に、宇宙発射基地局長の加世田が立ち上がって話した。

「私どものおもな業務は、宇宙船の安全な発射と、地上から送られてきたコンテナの安全な受け取りです。この業務は自転する地球の傾きと密接な関係があります。ところがここのところその角度が一定しないというのです。傾きの変化は気象の変化にも現れますし、宇宙船の安全な発射にも大きな影響をおよぼします。後ほど、上田のほうから今後の展望についてご説明いたします」

そこへ大統領が、秘書官やＳＰを引き連れて入ってきた。全員が立ち上がりかけた。

「私はただの見学者として扱ってくれ。そのまま会議をつづけたまえ」

大統領の言葉を聞いて、気象庁長官が高田に説明を促した。

高田は地球公転のメカニズムや軌道の変化が地球に与える影響について解説していった。

「この楕円の度合いを数値化したものを離心率と言いまして、この数値が大きくなるとより楕円に、小さくなると真円に近づきます。問題はここからなのですが、いまは本来真円に近づく時期では到底ないにもかかわらず、過去三年にかぎって見ると離心率がわずかに小さくなっているのです。太陽との距離に換算すると、毎年一〇〇キロ前後の幅で増えていたのが、五〇キロ、一〇キロ、二〇キロとブレはあるものの、増え幅が減少しています。この傾向がつづけば、遠くない将来での氷河期からの脱出も現実味を帯びてくるのではないかと考えます。その結論は、最後にご登場いただくロボット君に委ねたいと思います」

「ロボット君の前に私、上田が地球の傾きについてご説明します」

上田は地軸角度の変化と地球の気候変動の関係を簡潔に紐解いてみせた。

「実はこの地軸の傾きが、ここ一〇年の間に、一年ごとに二一度になったり二三度になったりと、大きく変化しているのです。こうした現象は果たして我々を氷の世界からの脱出に導いてくれるのか……。私は大曾根君と今回リモートで参加しているロボット君、そして高田さんを交えて、研究を重ねてきました。ロボット君、皆さんにご理解いただけるように説明してください」

「はい、了解しました」

ロボット君は大型画面に図形と数字を書き始めた。一〇分ほどすると、今度は日本語で「結論、自然現象ですからあと何年で正常範囲に戻るとの計算はできません。三〇年より長く五〇年よりは短いという結論に至りました。また、地球の楕円形軌道については、高田さんの予測計算通りでほぼ間違いないでしょう。『ほぼ』と評価したのは、三年間という短い観測の結果に加え、推測計算が入っているからです。ただし推測は一回のみです。私の計算の中にも一回の推測を入れてあります。そして我々が導き出した結論は一〇〇年から一二〇年の間に、異常気象は終息するというものです。以上」

ここで上田が参加者に声をかけた。

「説明が長々となりましたが、ご質問を賜ります」

「……」

あまりにも衝撃的な内容で、誰もなにも言わなかった。

最初に大統領が口を開いた。

「君たちの結論は、この氷河期は一〇〇年から一二〇年の間に終わるというのかね」

「はい、その通りです。しかも、氷河期が一瞬で終わることはありません、遅くても三〇年後から徐々に終息が始まるのです」

「うーむ」

大統領は腕を組んで目をつむった。そして三分ほど経ってから強い口調で言った。

「よし、三日後の九時から、今後一〇年計画の会議をする。少しずつ氷河期が緩んでいく過程で、日本国はどのような計画を立てるか討議する。高田君と上田君の両名も出席してくれたまえ。以上だ」

さらなる僥倖

衝撃的な報告会から三日後、大統領自らが議長となり「一〇年計画会議」が始まった。

「これから各省庁に質問を行う。知らないことは、知らないと答えなさい」

「それでは農水大臣、米、麦、トウモロコシ、大豆の国内生産と、海外からの輸入はどのようになっているのか。農水省の誰でもよい、発表したまえ」

「食料品の輸入量については食糧庁長官からお答えいただきます」

「食糧庁の神野です。米の輸入先はアメリカ、ベトナム、インド、オーストラリアです。総輸入量は合計九〇〇〇万トン。そのうちの五〇〇〇万トンが、養鶏、養豚、養牛などの飼料になっています。輸入量は確保できますが、日本には五万トン以上の船が着船できる港が少ないのが現実です」

「つぎに、製造、生産について聞きたい。ナノシート繊維、エアエネルギー、電気エネルギー、バッテリーの基本資材の生産はどうなっているか」

通商産業大臣が手を上げた。

「大統領ご指摘の物資は、計画通りに生産をつづけており、在庫も十分にございます」

「そうすると、輸入食料品の荷揚げが大きな問題か。私は正確に記憶していないが、大型船から積み替えることを、沖仲仕《おきなかし》、はしけ船などといったのだ。君たちの中で、こんな言葉を知っている者はいないかな。一九〇〇年代の中ごろまで、港湾の浅い港に荷揚げをするときは、小さな船に大型船から積み替えて、岸壁まで運んだのだ。運んだ人間のことを、沖仲仕といっていたのを本で読んだことがある。このような小型船を造り、荷運びをしてはどうだろう。これはコンテナのない時代のことだ。今回もこのようにして荷揚げのことは解決せよ」

さらに、大統領は指示を出した。

「つぎは、コメ、麦、トウモロコシ、甜菜糖、ジャガイモである。農水大臣、東日本にゴルフ場は何ヘクタール、何カ所あるかね」

「申し訳ございません、記憶しておりません」

「隣の部下の君、君は知っているかな」

調べてきたのか、書類を見ながらゴルフ場の数とそれぞれの面積を県別に挙げ出した。

「もうよろしい。いま、関東全体で農業も漁業もできず、ただ食料の配給だけを待っている人たちがいる。こうした人たちのために、使用の有無にかかわらず、ゴルフ場すべてを国家の非常事態を根拠に国が一二〇年間無償で借り上げる。そして、その場所に一〇〇〇万人近くの人間に移住してもらう」

「最後に、地下トンネル掘削工事は中止する。新たに掘削は進めない。掘り進めたところまでは仕上げる。そこには農作物を作る人が住む。そうしなければ、これまでの投資が無駄になるからだ。

完全に氷河期が終わるのは、孫のそのまた孫の時代なのか。さて、人類はどれくらい生き残っているだろうな……」

完

著者プロフィール

白柳　日出夫（しろやなぎ　ひでお）

1939年、大阪府生まれ。
奈良県立吉野工業高等学校建築学科卒業。
著書『異常気象　氷河期がやってくる』
（2022年 文芸社）

異常気象Ⅱ　過去と未来―人類の行方

2023年6月15日　初版第1刷発行

著　者　白柳 日出夫
発行者　瓜谷 綱延
発行所　株式会社文芸社
〒160-0022　東京都新宿区新宿1－10－1
電話　03-5369-3060（代表）
03-5369-2299（販売）

印刷所　株式会社フクイン

ISBN978-4-286-27007-4